D1153401

afgeschreven

Vertaald door Liesbeth Dillo

VERSTIKKENDE ZOMERHITTE

Andrea Camilleri

Verstikkende zomerhitte

2008 Prometheus Amsterdam

Oorspronkelijke titel *La vampa d'agosto*

Omslagontwerp Janine Jansen
Foto omslag Hayden Verry/Arcangel Images/Image Store
www.uitgeverijprometheus.nl
ISBN 978 90 446 1168 7

I

Hij sliep zo vast dat hij zelfs van een kanonschot niet wakker geworden zou zijn. Van een kanonschot niet, nee, wel van telefoongerinkel.

Als de moderne mens in onze beschaafde (ahum) samenleving in zijn slaap kanongebulder hoort, denkt hij aan onweer, aan geweerschoten ter gelegenheid van een heiligenfeest, of aan vervelende bovenburen die met meubels schuiven, en slaapt gewoon lekker verder. Aan de dwingende lokroep van de telefoon daarentegen, het deuntje van een mobiel of de bel van de voordeur moet de beschaafde (ahum) mens wel gehoor geven, al is hij nog zo diep in slaap.

Dus kwam Montalbano uit bed, wierp een blik op de klok, zag door het raam dat het een mooie dag zou worden en liep naar de eetkamer, waar de telefoon onafgebroken stond te rinkelen.

'Waar was je, Salvo? Ik probeer je al een halfuur te bereiken!'

'Sorry, Livia, ik stond onder de douche.'

Het eerste leugentje van de dag.

Waarom had hij dat gezegd? Schaamde hij zich tegenover Livia dat hij nog lag te slapen, of wilde hij niet dat ze zich opgelaten zou voelen omdat haar telefoontje hem had gewekt? Hij wist het niet.

'Ben je al naar het huis gaan kijken?'

'Livia, het is nog niet eens acht uur!'

'Sorry, maar ik ben zo benieuwd.'

De kwestie was een dag of veertien geleden begonnen, toen hij Livia ervan op de hoogte had moeten stellen dat hij, in tegenstelling tot wat ze afgesproken hadden, de eerste twee weken van augustus niet uit Vigàta weg zou kunnen, omdat Mimì Augello zijn vakantie had moeten vervroegen vanwege problemen met zijn schoonouders. De uitbarsting die hij had verwacht was uitgebleven, want Livia was bijzonder gesteld op Beba, de vrouw van Mimì, en op Mimì zelf. Ze had wel heel erg gemopperd en even had Montalbano gedacht dat het einde van hun relatie in zicht was, maar daar had hij zich in vergist. De volgende avond was Livia aan de telefoon met een onverwacht idee op de proppen gekomen.

'Je moet onmiddellijk een huis zoeken, met twee slaapkamers en een woonkamer, direct aan zee, bij jou in de buurt.'

'Dat snap ik niet. Waarom moeten we uit Marinella weg?'

'O Salvo, wat ben je soms toch dom! Ik heb het over een huis voor Laura, haar man en hun kind.'

Laura was Livia's hartsvriendin, degene aan wie ze al haar geheimen, de plezierige én de onplezierige, toevertrouwde.

'Komen ze hierheen?'

'Ja. Vind je dat erg?'

'Helemaal niet, je weet dat ik Laura en haar man heel aardig vind, maar...'

'Maar wat?'

Bah, wat een gezeur!

'Nou, ik had gehoopt eindelijk eens wat langer met jou alleen te zijn en...'

'Ha ha ha!'

De lach van de boze stiefmoeder uit 'Sneeuwwitje'.

'Waarom lach je?'

'Omdat je heel goed weet dat ík degene ben die alleen

zal zijn, terwijl jíj hele dagen en misschien wel hele nachten op het bureau bezig bent met het zoveelste moordslachtoffer!'

'Ach toe, Livia, in augustus is het hier veel te warm, moordenaars wachten liever de herfst af.'

'Is dat een grapje? Moet ik lachen of zo?'

En zo was de lange zoektocht begonnen, met de – niet bepaald doeltreffende – hulp van Catarella.

'Chef, ik heb een woonplaats gevonden zoals u die zelf zoekt in de buurt van Pezzodipane.'

'Maar Pezzodipane ligt tien kilometer bij de zee vandaan!'

'Dat is waar, maar per compensatie heeft het een kunstmatig aangelegd meer.'

Of het ging zo:

'Livia, ik heb een heel leuk appartementje gevonden in een soort resort, vlakbij...'

'Een appartementje? Ik heb toch duidelijk gezegd dat we een huis zoeken?'

'En een appartementje is geen huis? Wat is het dan? Een tent?'

'Nee, een appartementje is geen huis. Jullie Sicilianen halen de boel door elkaar en noemen een appartementje een huis, maar als ik huis zeg, dan bedoel ik ook een huis. Zal ik nog duidelijker zijn? Je moet een villa zoeken, een kleine villa.'

Op de bureaus in Vigàta waar zomerhuisjes werden verhuurd, hadden ze hem uitgelachen.

'Op 16 juli wilt u voor de maand augustus nog een huis aan zee vinden? Alles is al verhuurd!'

Hij kon zijn telefoonnummer achterlaten, en mocht er iemand op het laatste moment afzeggen, dan zou hij worden gebeld. Net toen hij de hoop had opgegeven, voltrok zich een wonder.

'Commissaris Montalbano? U spreekt met makelaarskantoor Aurora. Er is een huis vrijgekomen, precies wat u zoekt. Het staat in Pizzo, gemeente Montereale Marina. Maar we gaan bijna dicht, dus u zou meteen even langs moeten komen.'

Hij was midden in een verhoor opgestaan en weggesneld. Op de foto's zag het er precies uit zoals Livia wilde. Signor Callara, de makelaar zelf, zou hem de volgende ochtend rond negen uur komen ophalen om samen het huis in Montereale te gaan bekijken, nog geen tien kilometer van Marinella.

Montalbano bedacht dat die tien kilometer midden in de zomer zowel vijf minuten als twee uur zou kunnen kosten, afhankelijk van de verkeersdrukte. Maar ja, Livia en Laura zouden het ermee moeten doen, want iets anders was er niet.

In de auto begon Callara te praten en hield niet meer op. Eerst vertelde hij hoe het huis recentelijk was verhuurd aan een zekere Jacolino, werkzaam in Cremona, die de afgesproken borg keurig had betaald. Gisteravond had Jacolino het kantoor echter laten weten dat zijn schoonmoeder een ongeluk had gehad, waardoor hij niet uit Cremona weg kon. Dus toen hadden ze hem, Montalbano, gebeld.

Vervolgens ging Callara verder terug in de tijd en zette uiterst gedetailleerd het hoe en waarom van de bouw van het huis uiteen. Zo'n zes jaar geleden had een zeventigjarige man genaamd Angelo Speciale, die was geboren in Montereale maar zijn hele leven werkzaam was geweest in Duitsland, besloten een huis te laten bouwen om met zijn Duitse echtgenote in te gaan wonen als hij voorgoed naar zijn geboortedorp zou terugkeren. Die Duitse echtgenote, Gudrun genaamd, was weduwe en had een twintigjarige zoon genaamd Ralf. Duidelijk tot zo ver? Ja, duidelijk. Angelo Speciale was samen met zijn stiefzoon Ralf naar

Montereale gekomen, had een hele maand naar de juiste locatie gezocht, die ten slotte gevonden en gekocht, een tekening laten maken door architect en aannemer Spitaleri en vervolgens ruim een jaar gewacht tot de bouw klaar was. Al die tijd was Ralf niet van zijn zijde geweken.

Daarna was hij teruggegaan naar Duitsland om het meubilair en de rest van de inboedel naar Montereale te verhuizen. En toen was er iets vreemds gebeurd. Ze hadden per trein gereisd, omdat Speciale niet van vliegen hield, en bij aankomst op het station van Keulen kon Speciale zijn stiefzoon, die in het bed boven het zijne had geslapen, nergens meer vinden. Ralfs koffer lag nog gewoon in de coupé, maar van de jongen zelf ontbrak ieder spoor. De nachtconducteur zei dat hij hem op geen van de vorige stations had zien uitstappen. Kortom, Ralf was verdwenen.

'Is hij weer gevonden?'

'Nee, commissaris, er is nooit meer wat van de jongen vernomen.'

'En is Speciale in het huis gaan wonen?'

'Nee, zover is het nooit gekomen! Amper een maand na zijn terugkeer in Keulen is de arme signor Speciale van de trap gevallen, op zijn hoofd terechtgekomen en overleden.'

'En Gudrun dan, de tweevoudige weduwe, is zij hier komen wonen?'

'Wat had die arme vrouw hier moeten doen, zonder man of zoon? Drie jaar geleden belde ze ons op om te zeggen dat ze het huis wilde verhuren. En dat doen we sindsdien dus voor haar, in de zomer.'

'De rest van het jaar niet?'

'Daarvoor ligt het veel te geïsoleerd, commissaris. Dat zult u zelf wel zien.'

Het lag inderdaad geïsoleerd. Om er te komen namen ze na de provinciale weg een onverhard landweggetje, waaraan drie huizen stonden: een verwaarloosd boerderijtje, dan een goed onderhouden huis en, helemaal aan het einde, de kleine villa zelf. In het gebied groeiden nauwelijks bomen of planten, want de grond was volledig uitgedroogd door de zon. Maar toen ze bij de villa aankwamen, die boven op een soort heuvel stond, zag het er plotseling heel anders uit. Wat een beeldschone plek! Beneden ontrolde zich een gouden strand, met hier en daar een stipje van een eenzame parasol, en recht vooruit lag de zee helder en uitnodigend te schitteren. De kleine, gelijkvloerse villa had twee slaapkamers, een grote en een kleine. De grote ramen in de woonkamer boden uitzicht op niets anders dan lucht en zee. En er stond een televisie. De ruime keuken was voorzien van een enorme koelkast. Er waren maar liefst twee badkamers en ook nog een geweldig terras, waarop 's avonds heerlijk kon worden gegeten.

'Ik neem het,' zei de commissaris. 'Wat kost het?'

'Ziet u, commissaris, eigenlijk verhuren we zulk soort huizen niet voor twee weken, maar omdat u het bent...'

En hij noemde een huizenhoog bedrag. Montalbano knipperde niet eens met zijn ogen, want Laura had geld genoeg en kon best een bijdrage leveren aan het verminderen van de armoede in het zuiden van het land.

'Ik neem het,' zei hij nog eens.

Nu de zaken er zo voor stonden, besloot de sluwe Callara zijn inzet te verhogen.

'Vanzelfsprekend zijn er nog bijkomende kosten...'

'Vanzelfsprekend zijn er helemaal geen bijkomende kosten,' viel Montalbano hem in de rede. Zo stom wilde hij nou ook weer niet overkomen.

'Oké, oké.'

'Hoe kom ik van hier op het strand?'

'Door het hekje op het terras. Tien meter verderop is een tufstenen trappetje naar beneden. Het zijn vijftig treden.'

'Zou u een halfuurtje op me kunnen wachten?'

Callara keek hem verbaasd aan.

'Nou, als het echt maar een halfuurtje is...'

Al sinds zijn eerste blik op de glinsterende zee had Montalbano zin om een duik te nemen. En dat deed hij dan ook, in zijn onderbroek.

Op de weg terug naar het huis was hij al opgedroogd voor hij de vijftig treden weer naar boven was geklommen.

Op de ochtend van 1 augustus ging Montalbano naar het vliegveld Punta Raisi om Livia, Laura en haar zoontje Bruno, een ventje van drie, op te halen. Laura's man Guido zou volgen met de autotrein en alle bagage. Bruno kon geen seconde stilzitten. Laura en Guido maakten zich grote zorgen, want het jochie kon nog niet praten, maar alleen met gebaren iets duidelijk maken, en hij kon ook nog niet tekenen, zoals zijn leeftijdgenootjes. Daar stond tegenover dat hij als geen ander het bloed onder ieders nagels vandaan kon halen.

Ze gingen naar Marinella, waar Adelina voor het hele gezelschap een lunch had klaargemaakt. Zelf was de huishoudster al vertrokken, en Montalbano wist dat hij haar gedurende de twee weken dat Livia in Marinella zou zijn, niet meer terug zou zien. Livia vond Adelina helemaal niet aardig, en dat gevoel was geheel wederzijds.

Guido arriveerde rond één uur. Na de gezamenlijke lunch reed Montalbano met Livia in de auto voor Guido en zijn gezin uit, om hun de weg te wijzen. Toen Laura het huis zag, viel ze Montalbano enthousiast om zijn hals. Ook Bruno maakte met zijn gebarentaal duidelijk dat hij door de commissaris opgetild wilde worden. En zodra hij daar de kans toe zag, spuugde het ventje een plakkerig snoepje in Montalbano's gezicht.

Ze spraken af dat Livia de volgende ochtend naar Pizzo

zou komen met de auto van Salvo en daar de hele dag zou blijven.

Montalbano kon zich tenslotte 's ochtends door een dienstauto laten ophalen en zich 's avonds, na zijn werk op het politiebureau, in Pizzo laten afzetten om samen te gaan eten.

Het leek de commissaris een uitstekend plan, want zo kon hij tussen de middag gewoon van zijn lievelingseten genieten in Enzo's trattoria.

De problemen in het huis in Pizzo begonnen al op de ochtend van de derde dag. Bij haar aankomst trof Livia er een puinhoop aan: alle kleren waren uit de kasten gehaald en op de terrasstoelen neergesmeten, de matrassen stonden tegen het slaapkamerraam omhoog en de keukenspullen lagen over de vloer in de hal verspreid. In zijn blootje en gewapend met de plantenspuit deed Bruno er nog een schepje bovenop door alle kleren, matrassen en lakens kletsnat te spuiten. Zodra hij Livia in de gaten kreeg, probeerde hij haar ook nat te maken, maar zij had hem door en wist hem te ontwijken. Laura làg languit op een ligstoel die tegen het terrasmuurtje aan stond, met een natte doek op haar voorhoofd.

'Wat is er aan de hand?'

'Ben je al binnen geweest?'

'Nee.'

'Ga maar even kijken dan, maar wees voorzichtig.'

Vanaf het terras keek Livia de woonkamer in.

Het eerste wat haar opviel was dat de vloer zwart was geworden.

Het tweede wat haar opviel was dat de vloer leefde, dat wil zeggen bewoog, alle kanten op.

Vervolgens zag ze niets meer, want toen ze zich eenmaal realiseerde waar ze naar keek, slaakte ze een luide gil en vluchtte het terras af.

'Kakkerlakken! Duizenden kakkerlakken!'

'Vanochtend vroeg,' zei Laura uitgeput, 'stond ik op om een glas water te gaan drinken, en toen zag ik ze lopen, maar nog niet zoveel als nu... Ik heb Guido wakker gemaakt en we hebben geprobeerd te redden wat er te redden viel, maar op een gegeven moment ging het gewoon niet meer. Ze blijven maar tevoorschijn komen uit een spleet in de vloer van de woonkamer...'

'Waar is Guido nu?'

'Naar Montereale, hij kan ieder moment terug zijn. Hij heeft de burgemeester gebeld, die trouwens heel vriendelijk was.'

'Waarom heeft hij Salvo niet gebeld?'

'Hij zei dat hij de politie niet wilde bellen voor een kakkerlakkeninvasie.'

Een kwartier later arriveerde Guido. Er reed een auto van de gemeente achter hem aan met vier mannen erin van de reinigingsdienst, gewapend met gifspuiten en bezems.

Livia nam Laura en Bruno mee naar Marinella, terwijl Guido in Pizzo bleef om de werkzaamheden te coördineren. Om vier uur 's middags voegde hij zich bij hen in Marinella.

'Ze kwamen inderdaad uit die spleet in de vloer. We hebben er twee hele gifspuiten in leeggespoten en hem daarna dichtgestopt.'

'Was dat wel de enige spleet?' vroeg Laura, die nog niet gerustgesteld leek.

'Maak je geen zorgen,' zei Guido. 'We hebben overal goed gekeken en het zal niet nog een keer gebeuren. We kunnen rustig terug.'

'Waarom zouden die beesten ineens tevoorschijn zijn gekomen?' vroeg Laura zich hardop af.

'Een van die mannen zei dat het huis gisternacht waarschijnlijk een heel klein beetje verzakt is. Zo is die spleet ontstaan en konden de kakkerlakken, die onder de grond zaten, naar boven komen. Misschien werden ze aangetrokken door onze aanwezigheid, de geur van eten, wie zal het zeggen.'

Op de vijfde dag vond de tweede invasie plaats. Dit keer waren het geen kakkerlakken, maar muizen. Toen Laura opstond, zag ze er een stuk of vijftien door het huis lopen, piepklein, bijna snoezig. Toen zij de woonkamer binnenstapte, schoten de muisjes razendsnel door de terrasdeur naar buiten. In de keuken zaten er nog twee, broodkruimels te eten. In tegenstelling tot de meeste vrouwen was Laura niet bang voor muizen. Guido belde opnieuw de burgemeester, vertrok weer naar Montereale en kwam terug met twee muizenvallen, een ons pittige kaas en een rode kater, die zó goedmoedig en geduldig was dat hij niet eens boos werd toen Bruno meteen probeerde hem een oog uit te steken.

'Hoe kan het nou dat er na die kakkerlakken ineens ook muizen tevoorschijn komen?' vroeg Livia aan Montalbano, toen ze 's avonds in bed lagen.

Met de naakte Livia naast zich had Montalbano geen zin om over muizen te praten.

'Het huis is een jaar lang onbewoond geweest,' luidde zijn ontwijkende antwoord.

'Misschien had het voor Laura erin kwam wel een goede beurt kunnen gebruiken...' begon Livia.

'Nou, ik anders ook,' viel Montalbano haar in de rede.

En hij sloot haar in zijn armen.

Op de achtste dag vond de derde invasie plaats. Opnieuw was het Laura die de ontdekking deed, omdat zij altijd als eerste opstond. Ze zag iets in haar ooghoek, sprong de lucht in en zocht haar toevlucht tot de keukentafel, met haar ogen stijf dicht. Pas toen ze zich veilig genoeg waande, deed ze haar ogen weer open en keek bibberend van angst naar de grond.

Daar liepen een stuk of dertig spinnen, die wel een gekozen vertegenwoordiging leken van alle verschillende spinnensoorten: een harige met korte poten, een hooiwagen, een rode zo groot als een krab, een exemplaar identiek aan de verschrikkelijke zwarte weduwe...

Laura was niet bang voor kakkerlakken of vies van muizen, maar zodra ze een spin zag, sloegen bij haar de stoppen door.

Ze leed aan iets wat met een moeilijk woord arachnafobie wordt genoemd, wat zoveel betekent als een irrationele en oncontroleerbare angst voor spinnen.

Haar haren gingen overeind staan. Ze slaakte een enorme gil en viel bewusteloos van de keukentafel op de grond.

Tijdens die val stootte ze haar hoofd zo hard, dat het onmiddellijk begon te bloeden.

Guido schrok wakker en sprong uit bed om zijn vrouw te hulp te schieten. Daarbij struikelde hij over de kat Ruggero, die geschrokken van Laura's gil uit de keuken was gevlucht, schoof met een rotvaart over de vloer en kwam tot stilstand met zijn hoofd tegen de koelkast, die als stootkussen fungeerde.

Toen Livia zoals gewoonlijk langskwam om met haar vrienden te gaan zwemmen, leek het alsof ze in een veldhospitaal was terechtgekomen.

Laura en Guido waren gewond aan hun gezicht en Bruno aan zijn linkervoet. Bij het opstaan had hij zijn waterglas van het nachtkastje gestoten, en was in de scherven gaan staan. Verbijsterd zag Livia dat zelfs de kat mank liep, als gevolg van zijn botsing met Guido.

Eindelijk arriveerde de schoonmaakploeg in opdracht van de burgemeester, die inmiddels een vriend van de familie was geworden. En terwijl Guido opnieuw de werkzaamheden coördineerde, fluisterde Laura angstig tegen Livia: 'Dit huis wil ons niet.'

'Kom nou! Een huis is een huis, dat heeft niets te willen.'

'Toch zeg ik je dat dit huis ons hier niet wil hebben!'

'Ach toe!'

'Het is behekst!' hield Laura vol, met haar ogen wijd open alsof ze koorts had.

'Praat geen onzin, Laura. Ik begrijp dat je over je toeren bent, maar...'

'Ik moet steeds denken aan films die ik heb gezien over huizen waar een vloek op rust, waar kwade geesten in wonen.'

'Maar dat is fictie!'

'Je zult zien dat ik gelijk heb.'

Op de ochtend van de negende dag begon het keihard te regenen. Livia en Laura gingen naar het museum van Montelusa, Guido werd door de burgemeester uitgenodigd om de zoutmijnen te bezichtigen en nam Bruno mee. Ook 's nachts viel de regen met bakken uit de lucht.

Op de ochtend van de tiende dag goot het nog steeds. Laura belde Livia om te zeggen dat zij en Guido met Bruno naar het ziekenhuis gingen, omdat de snee in zijn voet was gaan etteren. Livia besloot van de gelegenheid gebruik te maken om Salvo's huis wat op te ruimen. 's Avonds laat hield het eindelijk op met regenen, en ze voorspelden dat het de volgende dag helder en warm zou worden, een ideale dag voor het strand.

2

Hun voorspelling klopte: de volgende ochtend was de zee niet langer grijs, maar had zijn eigen kleur terug. Het natte zand neigde nog naar lichtbruin, maar zou door de zon binnen twee uur tijd weer goudkleurig worden. Het zeewater was nog ijskoud, maar aangezien het om zeven uur 's ochtends buiten al snikheet was, zou het water 's middags zo warm zijn als bouillon. Livia was daar dol op, maar Montalbano vond het vies. Het gaf hem het gevoel in een warm bad te stappen en als hij na het zwemmen weer uit het water kwam, voelde hij zich moe en krachteloos.

Om halftien arriveerde Livia in Pizzo en kreeg te horen dat de ochtend daar normaal was verlopen. Er waren geen kakkerlakken, muizen of spinnen meer tevoorschijn gekomen en ook geen nieuwe verrassingen zoals adders of schorpioenen. Laura, Guido en Bruno stonden al klaar om naar het strand te gaan.

Toen ze het terras af liepen, ging de telefoon. Guido, ingenieur bij een bedrijf dat gespecialiseerd was in bruggenbouw, werd al twee dagen uit Genua gebeld over een probleem dat hij zonder succes aan Montalbano had proberen uit te leggen.

'Gaan jullie maar vast, ik kom eraan,' zei hij en ging het huis in om de telefoon op te nemen.

'Ik moet even plassen,' zei Laura tegen Livia.

Ook zij liep naar binnen en Livia ging mee, want plassen – dat is een bekend feit – werkt aanstekelijk: als iemand moet, moet binnen de kortste keren iedereen.

Even later stonden ze allemaal weer op het terras, deed Guido de deur dicht en vervolgens het hekje, pakte de parasol – die hij nou eenmaal moest dragen omdat hij de man was – en liepen ze samen naar het tufstenen trappetje dat naar het strand leidde. Voor ze aan de afdaling begon, keek Laura om zich heen en vroeg: 'Waar is Bruno eigenlijk?'

'Misschien is hij vast alleen naar beneden gegaan,' zei Livia.

'O god, dat kan hij nog helemaal niet, ik moet altijd zijn hand vasthouden!' zei Laura.

Ze bogen zich voorover en keken de trap af. Na een stuk of twintig treden maakte de trap een bocht. Bruno zagen ze niet.

'Hij kan onmogelijk nog verder naar beneden zijn gegaan,' zei Guido.

'Ga alsjeblieft kijken! Misschien is hij wel gevallen!' zei Laura, die ongerust begon te worden.

Gevolgd door de blikken van Laura en Livia holde Guido naar beneden, verdween in de bocht, en kwam nog geen vijf minuten later weer tevoorschijn.

'Hier is hij niet. Ik ben de hele trap af geweest. Gaan jullie in het huis kijken, misschien hebben we hem wel binnengesloten!' riep hij buiten adem.

'We kunnen er niet in, jij hebt de sleutels!' zei Laura.

Vloekend kwam Guido weer naar boven, hij had zichzelf de klim willen besparen. Hij opende het hekje en de deur. Onmiddellijk riepen ze in koor: 'Bruno! Bruno!'

'Dat stomme joch is in staat zich de hele dag onder een bed te verstoppen alleen om ons te pesten,' zei Guido, die zijn geduld begon te verliezen.

Ze doorzochten het huis, keken onder de bedden, in de

bezemkast, in de kleerkast, op de kleerkast en onder de kleerkast, maar Bruno was nergens te bekennen. Op een gegeven moment zei Livia: 'Ik zie Ruggero ook nergens...'

Dat was waar. De kat, die hun gewoonlijk voor de voeten liep – zoals Guido maar al te goed wist – was ook verdwenen.

'Laten we hem eens roepen,' stelde Guido voor. 'Meestal komt hij dan wel, of hoor je hem in ieder geval miauwen.'

Een goed idee: het jongetje praatte nog niet, maar ook de kat kon, op zijn eigen manier, wel antwoord geven.

'Ruggero! Ruggero!'

Geen kat liet zich horen.

'Dan moet Bruno buiten zijn,' concludeerde Laura.

Ze gingen naar buiten, zochten rondom het huis en in de twee geparkeerde auto's, maar konden hen niet vinden.

'Bruno! Ruggero! Bruno! Ruggero!'

'Misschien loopt hij wel naar de provinciale weg,' opperde Livia.

Laura schrok: 'O god, daar is zo veel verkeer!'

Dus sprong Guido in de auto en speurde het landweggetje af in de richting van de provinciale weg. Aan het einde draaide hij om en zag voor het eerste huis een kerel staan van een jaar of vijftig, sjofel gekleed en met een smoezelige pet op. De man keek zo aandachtig naar de grond dat het leek alsof hij mieren stond te tellen.

Guido stopte, en boog zich uit het autoraampje.

'Mag ik u iets vragen?'

'Wat?' vroeg de man, terwijl hij opkeek en met zijn ogen knipperde alsof hij net wakker werd.

'Heeft u misschien een jongetje gezien?'

'Wie?'

'Een jongetje van drie.'

'Hoezo?'

Wat was dat voor een vraag? – dacht Guido, die geprikkeld raakte, maar hij antwoordde: 'Nou, we zijn hem kwijt.'

'O jee!' zei de man, trok een bezorgd gezicht en draaide zich al half naar het huis toe.

Guido was verbijsterd.

'Wat bedoelt u met o jee?'

'O jee is gewoon o jee, meer niet. Ik heb dat jongetje niet gezien. Ik weet nergens iets van en dat wil ik zo houden,' zei de man resoluut, stapte het huis in en trok de deur achter zich dicht.

'Hé, luister eens!' riep Guido boos. 'Zo kunt u me niet te woord staan! U gedraagt zich wel erg onbeschoft!'

Hij had zin in ruzie om zijn woede af te reageren. Dus stapte hij uit de auto en bonsde op de deur van het huis. Hij schopte er zelfs tegen, maar er kwam geen reactie. De deur bleef dicht. Vloekend stapte hij weer in, reed langs het andere huis, dat er keurig maar onbewoond uitzag, en ging terug naar zijn eigen vakantiehuis.

'En?'

'Niet gevonden.'

Laura viel Livia om de nek en begon te huilen.

'Zien jullie nou wel? Zei ik niet dat er een vloek rust op dit huis?'

'Hou alsjeblieft op, Laura!' schreeuwde haar man, waardoor ze alleen nog maar harder ging huilen.

'Wat kunnen we doen?' vroeg Livia.

Guido dacht na.

'Ik ga Emilio bellen, de burgemeester.'

'Waarom?'

'Ik ga vragen of dat groepje mannen weer kan langskomen, of een agent of zo. Met hoe meer we zijn, hoe beter. Denk je ook niet?'

'Wacht, kun je niet beter Salvo bellen?'

'Misschien heb je gelijk.'

Twintig minuten later arriveerde Montalbano in een dienstauto met Gallo achter het stuur, die had gereden alsof hij aan een formule 1-race meedeed.

Toen de commissaris uitstapte, zag hij er bleekjes, beproefd en door elkaar geschud uit, maar dat was normaal als hij bij Gallo in de auto had gezeten.

Livia, Guido en Laura begonnen allemaal tegelijkertijd te vertellen wat er aan de hand was en Montalbano kon er alleen maar iets uit opmaken, omdat hij heel goed oplette. Vervolgens zwegen ze en wachtten – als mensen die op de genade van de Heilige Maagd in Lourdes zitten te wachten – op zijn, vast en zeker verlossende, commentaar.

'Zou ik een glaasje water mogen?' was daarentegen de reactie die ze kregen.

Hij moest even op adem komen, zowel van de hitte als van de coureursambities van Gallo. Terwijl Guido water voor hem ging halen, keken de twee vrouwen hem teleurgesteld aan.

'Waar denk je dat hij is?' vroeg Livia.

'Hoe moet ik dat nou weten, Livia? Ik ben toch niet helderziend! We gaan hem zoeken, maar jullie moeten rustig blijven, want van al die opwinding raak ik in de war.'

Guido bracht water, en Montalbano dronk het op.

'Waarom zitten we hier eigenlijk buiten in de hitte?' vroeg hij. 'Willen jullie soms een zonnesteek oplopen? Laten we naar binnen gaan. Gallo, kom mee.'

Gallo stapte de auto uit en allemaal liepen ze gehoorzaam naar binnen.

Eenmaal in de woonkamer kreeg Laura een zenuwinzinking. Eerst slaakte ze een gil zo luid als een brandweersirene en daarna begon ze wanhopig te huilen. 'Hij is ontvoerd!' schreeuwde ze.

'Probeer nou redelijk te blijven, Laura,' riep Guido haar tot de orde.

'Wie zou hem ontvoerd moeten hebben?' vroeg Livia.

'Weet ik veel! Zigeuners! Kermisvolk! Bedoeïenen! Ik voel gewoon dat ze mijn kind ontvoerd hebben!'

Als iemand zo'n vreselijk ventje als Bruno had ontvoerd, zou diegene hem zeker dezelfde dag nog terugbrengen, dacht Montalbano boosaardig, maar hij vroeg aan Laura: 'En waarom denk je dat ze Ruggero ook ontvoerd hebben?'

Gallo sprong op. De commissaris had hem verteld dat er een jongetje werd vermist. Toen ze bij het huis aankwamen, was hij in de auto blijven zitten, en had dus niet gehoord wat ze Montalbano nog meer verteld hadden. Bleken het er nu twee te zijn? Vragend keek hij naar zijn superieur.

'Ruggero is een kat, Gallo. Maak je geen zorgen.'

Het argument van de kat had een wonderbaarlijk effect. Laura leek te kalmeren. Montalbano wilde net voorstellen wat ze zouden gaan doen, toen Livia verstijfde in haar stoel, en met vlakke stem stamelde: 'O, mijn god!'

Ze keken allemaal eerst naar haar en volgden toen haar blik.

Op de drempel van de woonkamerdeur zat Ruggero zich kalm en bedaard te wassen.

Laura liet onmiddellijk weer haar sirene horen en krijste: 'Zien jullie nou wel? De kat is er wel en Bruno niet! Hij is ontvoerd!'

En toen viel ze flauw.

Guido en Montalbano pakten haar op, brachten haar naar de slaapkamer en legden haar op bed. Livia depte Laura's voorhoofd met vochtige doeken en hield een fles azijn onder haar neus, maar niets hielp. Laura deed haar ogen niet meer open.

Haar gezicht zag grauw, haar kaken zaten stijf op elkaar geklemd en ze was nat van het zweet.

'Breng haar naar een dokter in Montereale,' zei Montalbano tegen Guido. 'Livia, jij gaat mee.'

Nadat hij Laura op de achterbank van de auto had geïnstalleerd met haar hoofd op Livia's knieën, vertrok Guido met een dusdanige snelheid, dat zelfs Gallo hem bewonderend nakeek.

'Zo, die zijn opgehoepeld,' zei Montalbano, 'laten we nu proberen iets zinnigs te doen. Eerst moeten we een zwembroek aantrekken. Anders kunnen we in deze hitte niet logisch nadenken.'

'Ik heb geen zwembroek bij me, chef.'

'Nee, ik ook niet, maar Guido heeft er minstens vier.'

Gelukkig waren het geen strakke zwembroeken, anders zou de commissaris er belachelijk hebben uitgezien, en Gallo zich dood hebben gegeneerd.

'Nu gaan we aan de slag. Een meter of tien achter het terras is een tufstenen trap naar het strand. Voor zover ik uit hun warrige verhalen heb kunnen opmaken, is dat de enige plek waar ze nog niet goed hebben gekeken. Jij loopt de trap af naar beneden en bestudeert iedere trede, misschien is het jochie wel gevallen en in een of andere rotsspleet gerold.'

'En wat gaat u doen?'

'Ik ga vriendschap sluiten met de kat.'

Gallo keek hem perplex aan, maar hield zijn mond en ging naar buiten.

'Ruggero! Wat ben je toch een mooie kat! Ruggero!'

De kat rolde op zijn rug met zijn pootjes in de lucht. Montalbano kriebelde hem op zijn buik.

'Rrrrrrrr,' deed Ruggero.

'Zullen we eens gaan kijken of er iets in de koelkast ligt?' vroeg de commissaris en ging naar de keuken.

Ruggero leek niets op het voorstel tegen te hebben en liep achter hem aan. Terwijl Montalbano de ijskast opentrok en er twee ansjovissen uit haalde, gaf de kat hem kopjes tegen zijn benen.

De commissaris legde de ansjovissen op een kartonnen bord en zette dat op de grond. Hij wachtte tot de kat klaar was met eten en liep toen naar buiten het terras op. Zoals hij had verwacht, ging Ruggero met hem mee. Hij liep naar de trap en zag het hoofd van Gallo alweer tevoorschijn komen.

'Niets, chef. Ik durf te zweren dat hij de trap niet is af gegaan.'

'Kan hij naar het strand zijn gegaan en de zee zijn in gelopen?'

'Nee, chef, hij is toch nog maar drie jaar oud? Dat kan hem nooit gelukt zijn.'

'Dan kunnen we misschien beter bij de weg gaan kijken. Een andere verklaring is er niet.'

'Wat vindt u ervan als ik een man of drie versterking van het bureau laat komen?'

Het zweet liep Gallo in de schoenen.

'Laten we daar nog even mee wachten. Ga jij je eerst wat opfrissen. Naast de parkeerplaats is een waterpomp.'

'U moet wel iets op uw hoofd zetten, hoor. Wacht.'

Hij liep naar het terras, waar de achtergelaten strandspullen lagen en kwam terug met een hoedje van Livia, roze met bloemen.

'Hier, zet dit op. Niemand die het ziet.'

Terwijl Gallo weer wegliep, merkte Montalbano dat Ruggero niet meer om hem heen draaide. Hij liep het huis in en riep hem, maar de kat was nergens te bekennen.

Als hij niet in de keuken het ansjovissenbord zat af te likken, waar kon hij dan zijn?

Laura en Guido hadden hem verteld dat de kat en het jongetje onafscheidelijk waren geworden. Bruno had net zo lang gebruld en gehuild, tot de kat bij hem in bed mocht slapen.

Daarom had Montalbano vriendschap gesloten met Ruggero. Hij vermoedde dat de kat wist waar het jongetje zat.

Misschien was hij nu wel weer verdwenen om Bruno gezelschap te gaan houden.

'Gallo!'

Gallo liet een spoor van water achter op de vloer.

'Ja, chef?'

'Kijk in iedere kamer of de kat daar zit. Als je zeker weet van niet, doe je het raam en de deur van die kamer dicht. We moeten zeker weten dat de kat niet in huis is en ook niet meer binnen kan komen.'

Gallo was oprecht verbaasd. Waren ze niet naar een vermist jongetje aan het zoeken? Wat had de commissaris nou met een kat te schaften?

'Sorry, chef, maar wat heeft dat beest ermee te maken?'

'Doe gewoon wat ik zeg. En laat alleen de voordeur open.'

Gallo begon aan zijn zoektocht. Montalbano liep naar buiten, wandelde tot aan de rand van het steile klif boven het strand, draaide zich toen om en ging het huis van een afstandje staan bekijken.

Hij keek net zo lang tot hij het zeker wist: het huis helde een heel klein beetje naar links.

Waarschijnlijk was dat het gevolg van de verzakking die een paar dagen geleden had plaatsgevonden, die de spleet in de vloer had veroorzaakt en de stroom kakkerlakken, muizen en spinnen op gang had gebracht.

Hij liep terug naar het terras, pakte een bal van Bruno van een stoel en legde die op de grond. De bal rolde inderdaad heel langzaam naar het linkermuurtje van het terras.

Dat was het bewijs dat hij zocht. En dat zowel alles als niets kon betekenen.

Nu ging hij van een afstandje de rechterkant van het huis staan bekijken. Alle ramen aan die kant waren dicht, wat betekende dat Gallo daar al geweest was. Montalbano kon niets vreemds ontdekken.

Dus bestudeerde hij de kant van het huis waar de voordeur zat en de parkeerplekken waren. De deur stond open, zoals hij Gallo had opgedragen. Niets was anders dan anders.

Hij wandelde verder tot hij de kant van het huis kon zien waar het huis haast onmerkbaar naartoe overhelde. Van de twee ramen was er één dicht, het andere stond nog open.

'Gallo!'

Gallo keek naar buiten.

'En?'

'Ik ben bijna klaar. Dit is de kleine badkamer, en de kat is hier niet. Ik hoef alleen nog maar de woonkamer te doorzoeken. Kan ik het raam dichtdoen?'

Terwijl Gallo dat deed, zag Montalbano dat precies boven het raam de dakpannen gebarsten waren. Waarschijnlijk was het oude schade die niemand ooit had laten repareren.

Als het regende, sijpelde het water door de kapotte dakpannen naar beneden, in plaats van door de regenpijp, die het naar de put naast het terras moest leiden. Om te voorkomen dat er zich op de grond een grote plas zou vormen, waardoor de muur misschien vochtplekken zou gaan vertonen, had iemand er een grote bak onder gezet.

Montalbano zag dat de bak was verplaatst, want hij stond niet meer pal onder de barst, maar minstens een meter van de muur van het huis vandaan.

'Als het water niet in de bak is terechtgekomen,' redeneerde Montalbano, 'dan zou hier een enorme plas water moeten liggen, een vijver haast, gezien de hoeveelheid regen die er de afgelopen twee dagen is gevallen. Maar er ligt niets. Hoe is dat te verklaren?'

Er ging een heel licht schokje langs zijn rug, zoals altijd als hij voelde dat hij op de goede weg zat.

Hij liep naar de bak toe. Er zat wel veel water in, maar niet zoveel als erin had moeten zitten. Dit was vast de regen die er rechtstreeks uit de lucht was ingevallen.

Toen zag hij dat het regenwater dat twee dagen en een nacht lang door de kapotte dakpannen was gestroomd, een diep gat had uitgeslepen aan de voet van de muur.

Doordat de bak ervoor stond, viel het niet direct op.

Het gat had een omtrek van ongeveer een meter. Waarschijnlijk zat er een holte onder de grond en was de rulle grond onder de druk van het water ingezakt.

Montalbano zette Livia's hoedje af en ging liggen, met zijn gezicht bijna in het gat. Hij rolde op zijn zij en stak er een arm in, maar kon de bodem niet voelen. Het gat liep niet recht naar beneden, maar schuin weg.

Hij wist absoluut zeker, al kon hij niet verklaren waarom, dat het jongetje het gat was in gekropen en er nu niet meer uit kon.

Met een ruk kwam hij overeind en holde naar de keuken. Hij trok de koelkast open, pakte de rest van de ansjovissen en rende weer naar buiten. Op zijn knieën gezeten legde hij de vissen langs de rand van het gat.

Op dat moment kwam Gallo aangelopen en zag zijn chef – met het dameshoedje weer op zijn hoofd en zijn borst besmeurd met aarde – op de grond naar een gat zitten staren waar ansjovissen omheen lagen.

Hij kon zijn ogen niet geloven en vroeg zich af of de commissaris zijn verstand had verloren. Wat moest hij doen? Tja, wat doe je met gekken om ze rustig te houden? Meepraten.

'Leuk, zeg, dat gat met die ansjovissen,' zei hij met een

bewonderende glimlach, alsof hij naar een modern kunstwerk stond te kijken.

Montalbano gebood hem met een dwingend gebaar stil te zijn en Gallo hield zijn mond, bang dat de waanzin van de commissaris zou omslaan in woede.

3

Er gingen vijf minuten voorbij. Ook Gallo zat inmiddels als betoverd naar het met ansjovissen versierde gat te staren, aangestoken door de intense manier waarop Montalbano dat deed. Beiden hielden zich muisstil.

Het was alsof ze alle zintuigen hadden uitgezet, op hun ogen na. Ze waren doof voor het geruis van de zee en de geur van de jasmijnstruik naast het terras roken ze niet.

Na wat een eeuwigheid leek, kwam de kop van Ruggero uit het gat tevoorschijn. Hij keek naar Montalbano, slaakte een miauw van dank en stortte zich op de eerste ansjovis.

'Godallemachtig!' riep Gallo, die het eindelijk snapte.

'Mijn ballen d'r af als dat kind hier niet onder zit,' zei Montalbano terwijl hij opstond.

'Laten we een schop halen!' zei Gallo.

'Doe niet zo stom, de grond kan hier zo wegzakken.'

'Wat doen we dan?'

'Jij blijft hier en houdt de kat in de gaten. Ik ga Fazio bellen vanuit de auto.'

'Fazio?'

'Ja, chef?'

'Gallo en ik zijn in Pizzo, in Montereale Marina.'

'Dat ken ik.'

'Ik denk dat een klein jongetje, het zoontje van vrienden, in een diep gat terecht is gekomen en er niet meer uit kan.'

'We komen er onmiddellijk aan.'

'Nee, dit is iets voor de brandweer. Bel de commandant van het korps in Montelusa. Zeg maar dat ze gereedschap moeten meenemen om te graven en te stutten. En dat ze vooral geen drukte moeten maken met sirenes en zo, want de pers mag er niets van weten. Ik wil geen toestanden zoals destijds in Vermicino, waar dat jongetje in een put was gevallen.'

'Zal ik ook komen?'

'Nee, dat hoeft niet.'

Hij ging naar binnen en belde met de telefoon uit de woonkamer Livia op haar mobiel.

'Hoe gaat het met Laura?'

'Ze hebben haar een kalmerend middel gegeven en nu slaapt ze. We wilden net weer in de auto stappen. En Bruno?'

'Ik denk dat ik weet waar hij is.'

'Wat bedoel je daar in godsnaam mee?'

'Dat hij ergens vastzit, waar hij niet meer uit kan komen.'

'Maar... leeft hij nog?'

'Dat weet ik nog niet, hopelijk wel. De brandweer is onderweg. Breng Laura maar naar ons huis in Marinella. Hier wil ik haar niet hebben. Guido mag wel komen, als hij dat wil.'

'Houd me alsjeblieft op de hoogte.'

Hij liep terug naar Gallo, die niet van zijn post was geweken.

'Wat heeft de kat gedaan?'

'Hij heeft alle ansjovissen opgegeten en is naar binnen gelopen. Heb je hem niet gezien?'

'Nee, hij is vast gaan drinken in de keuken.'

Al enige tijd merkte Montalbano dat hij slechter was gaan horen. Niets ernstigs, maar net zoals de scherpte van het gezichtsvermogen, bestaat er ook de scherpte van het gehoor, en het zijne was minder geworden. Ooit had hij zulke goede oren gehad dat hij het gras kon horen groeien. Dat ellendige ouder worden ook!

'Hoe is jouw gehoor?' vroeg hij aan Gallo.

'Uitstekend, chef.'

'Luister eens of je wat hoort.'

Gallo ging op de grond liggen en stak zijn hoofd in het gat.

Montalbano hield zijn adem in, want hij wilde hem niet storen. Om hen heen was het volledig stil, het huis lag echt geïsoleerd. Plotseling tilde Gallo zijn hoofd op.

'Ik denk dat ik inderdaad iets hoor.'

Hij legde zijn handen over zijn oren, ademde diep in, haalde zijn handen weer weg en stak zijn hoofd opnieuw in het gat. Nog geen minuut later kwam hij omhoog, en keek Montalbano blij aan.

'Ik hoor hem huilen. Ik weet het zeker. Misschien heeft hij zich bezeerd tijdens de val. Maar het geluid komt van heel ver. Hoe diep is dit gat wel niet?'

'Gewond of niet, we weten in ieder geval dat hij nog leeft. Dat is goed nieuws.'

Op dat moment kwam Ruggero tevoorschijn, miauwde even, stapte toen op zijn gemak het gat in en verdween uit het zicht.

'Hij gaat naar hem toe,' zei de commissaris.

Gallo maakte aanstalten om op te staan, maar Montalbano hield hem tegen: 'Wacht even. Luister eens of hij nog steeds huilt.'

Gallo deed wat hij vroeg. Na een hele poos zei hij: 'Nee, nu hoor ik niets meer.'

'Zie je? De aanwezigheid van de kat troost hem.'

'Wat nu?'

'Ik ga een biertje halen uit de keuken. Wil jij er ook een?'

'Nee, ik neem sinas, die heb ik zien staan.'

Ze waren tevreden, ook al zou het nog een hele toer worden om het jongetje te redden.

Montalbano dronk rustig een flesje bier en belde daarna Livia.

'Bruno leeft nog.'

Hij vertelde haar het hele verhaal. Livia vroeg: 'Mag ik het tegen Laura zeggen?'

'Wacht nog maar even. De brandweer moet nog komen en ik denk niet dat het makkelijk zal zijn om hem eruit te krijgen. Is Guido nog bij jullie?'

'Nee, hij heeft ons naar Marinella gebracht en is nu onderweg naar jou.'

Het was meteen duidelijk dat de commandant van de zeskoppige brandweerploeg zijn vak verstond. Montalbano vertelde wat er volgens hem was gebeurd, over de verzakking van een paar dagen geleden en van zijn indruk dat het huis naar een bepaalde kant overhelde. De commandant haalde zijn waterpas en schietlood tevoorschijn, en ging het na.

'U heeft gelijk. Het helt over.'

Vakkundig ging hij aan de slag. Eerst onderzocht hij de grond rondom het huis met een stok met een stalen punt. Vervolgens bekeek hij het huis vanbinnen, bleef staan bij de spleet in de woonkamer waaruit de kakkerlakken tevoorschijn waren gekomen, en kwam toen weer naar buiten. Hij stak een metalen, buigzame centimeter in het gat, liet hem een heel eind afrollen, wond hem weer op, liet hem nog eens afrollen en wond hem opnieuw op. Hij probeerde vast te stellen hoe diep het gat was.

'Het lijkt wel een hellend vlak,' zei hij na een aantal berekeningen te hebben gemaakt. 'Het begint hier onder het raam van de kleine badkamer en eindigt op ongeveer drie meter diepte onder het slaapkamerraam.'

'Bedoelt u dat het gat langs de hele zijkant van het huis loopt?' vroeg Guido.

'Precies,' zei de brandweerman. 'En het volgt een heel vreemd traject.'

'Hoezo?' vroeg Montalbano.

'Nou, daaronder zit iets wat de kracht van het regenwater breekt, zodat het gat niet verder in de diepte wordt uitgeslepen. Het water is een obstakel tegengekomen, waardoor het schuin is gaan lopen.'

'Wat gaan jullie doen?' vroeg de commissaris.

'We moeten uiterst voorzichtig te werk gaan,' luidde het antwoord van de brandweerman, 'want de grond rondom het huis is anders dan de rest, bij het minste of geringste zakt het in.'

'Hoezo, anders dan de rest?' vroeg Montalbano.

'Loopt u maar even mee,' zei de brandweerman.

Hij liep een meter of tien van het huis vandaan, gevolgd door Montalbano en Guido.

'Kijkt u maar naar de kleur van de grond, dan ziet u hoe die een meter of drie verderop, in de richting van het huis, verandert. Waar we nu staan is aarde van hier, dat andere, lichtgele, is bouwzand, dat is hier speciaal naartoe gebracht.'

'Waarom hebben ze dat gedaan?'

'Geen idee,' zei de brandweerman. 'Misschien om het huis beter uit te laten komen, het chiquer te doen lijken. Ah, daar is de graafmachine eindelijk.'

Voor ze aan het werk gingen, liet de commandant het zand dat op de ondergrondse holte drukte afgraven. Drie brandweermannen pakten hun schoppen en begonnen langs de zijkant van het huis te graven. Ze gooiden het zand in kruiwagens, die door hun collega's een meter of tien verderop werden geleegd.

Toen ze zo'n dertig centimeter van de zandlaag hadden af geschept, stuitten ze op een verrassing. Op de plek waar de fundering van het huis had moeten beginnen, begon nog een muur met een keurige pleisterlaag. Om het pleisterwerk tegen vocht te beschermen was er dik nylon afdekfolie tegen de muur aan geplakt.

Kortom, het was alsof het huis onder de grond gewoon doorliep, maar dan ingepakt.

'Allemaal verder graven onder het raam van de kleine badkamer!' riep de brandweercommandant.

Langzaam maar zeker tekende zich de bovenkant van een raam af, dat precies op één lijn stond met het raam erboven. Er zaten geen kozijnen in, het was gewoon een rechthoekige opening, afgesloten met folie.

'Er zit nog een heel appartement onder!' riep Guido verbaasd uit.

Ineens snapte Montalbano wat er aan de hand was.

'Stoppen met graven!' beval hij.

Ze stopten en keken hem vragend aan.

'Heeft iemand een zaklamp?' vroeg hij.

'Ik ga er een halen!' riep een van de brandweermannen.

'Maak het nylon stuk dat voor het raam zit!' beval de commissaris.

Twee stoten met een schop waren voldoende. Een brandweerman reikte hem een zaklamp aan.

'Jullie blijven hier,' zei hij terwijl hij zelf over de vensterbank stapte.

De zaklamp was helemaal niet nodig, want er kwam voldoende licht door het raam naar binnen.

Hij bevond zich in een kleine badkamer, identiek aan de badkamer op de verdieping erboven. Het vertrek was gereed voor gebruik, compleet met vloer, tegeltjes, douche, wastafel, wc en bidet.

Terwijl hij om zich heen keek en zich afvroeg wat dit te

betekenen kon hebben, voelde hij iets tegen zijn been strijken. Hij sprong in de lucht van schrik.

'Miauwww,' zei Ruggero.

'Daar ben je dus,' zei de commissaris.

Hij knipte de zaklamp aan en volgde het dier naar de kamer ernaast.

Daar was het een modderpoel, omdat het afdekfolie voor het raam was bezweken onder het gewicht van het regenwater.

En daar stond Bruno. Rechtop in een hoekje, met zijn ogen dicht. Hij had een snee op zijn voorhoofd en hij rilde alsof hij koorts had.

'Bruno, ik ben het, Salvo,' zei de commissaris zachtjes.

Het jongetje deed zijn ogen open, herkende hem en rende met uitgestrekte armen op hem af. Toen Montalbano hem optilde, barstte Bruno in tranen uit.

'Livia? Bruno is gered.'

'Is hij gewond?'

'Hij heeft een snee op zijn voorhoofd, maar ik denk niet dat het ernstig is. Guido is al met hem onderweg naar de eerstehulppost in Montereale. Vertel het maar aan Laura, en als ze erheen wil, breng haar dan. Ik wacht hier wel op jullie.'

De brandweercommandant kwam door het raam naar buiten gestapt. Hij was met stomheid geslagen.

'Hieronder zit nog een heel appartement! Identiek aan dat hierboven. Het heeft zelfs een terras met een schutting eromheen. En het is zo goed als bewoonbaar. Ze hoeven alleen nog maar de raamkozijnen te plaatsen die in de woonkamer staan. Er is zelfs water! Ik snap alleen niet waarom ze het hebben ingegraven.'

Montalbano had daar wel een idee over.

'Waarschijnlijk gold de bouwvergunning destijds alleen

voor een huis zonder extra verdieping. De eigenaar heeft het huis toen, in overleg met de aannemer, toch zo laten bouwen – dus mét extra verdieping. Vervolgens heeft hij zand om de benedenverdieping heen laten storten en is alleen de bovenverdieping zichtbaar gebleven, die toen de begane grond werd.'

'Ja, maar waarom?'

'Hij wachtte waarschijnlijk op een generaal bouwpardon. Zodra de regering dat zou verlenen, zou hij in één nacht het zand hebben laten weghalen en legalisatie hebben aangevraagd. Anders riskeerde hij, ook al is dat in onze contreien zeer onwaarschijnlijk, dat hij het had moeten slopen.'

De brandweerman barstte in lachen uit.

'Slopen?! Er zijn hier toch hele dorpen illegaal gebouwd?'

'Ja, maar ik heb gehoord dat de eigenaar van dit huis in Duitsland woonde. Misschien was hij onze gewoontes vergeten en verkeerde hij in de veronderstelling dat de wet hier net zo keurig wordt gerespecteerd als in Keulen.'

De brandweerman leek niet overtuigd.

'Goed dan, maar hoeveel pardons heeft de regering intussen wel niet verleend? Waarom...'

'De eigenaar van het huis is een paar jaar geleden gestorven.'

'Ah. Wat doen we nu? De boel terugstorten?'

'Nee, laat het maar zo liggen. Kan dat gevolgen hebben?'

'Voor de bovenverdieping bedoelt u? Nee, absoluut niet.'

'Ik wil dit fraaie stukje werk aan de makelaar laten zien die het huis verhuurt.'

Toen iedereen weg was, ging hij onder de douche, liet zich in de zon opdrogen en trok zijn kleren weer aan. Hij nam nog een flesje bier. Intussen had hij behoorlijke trek gekregen. Waarom duurde het eigenlijk zo lang voor de anderen terugkwamen?

'Livia? Zijn jullie nog bij de eerstehulppost?'

'Nee, we zijn al onderweg. Met Bruno was er niets aan de hand.'

Hij hing op en draaide het nummer van Enzo's trattoria.

'Met Montalbano. Ik weet dat het laat is en dat jullie zo gaan sluiten, maar als ik over hooguit een halfuurtje zou komen met vier personen en een kind, kunnen we dan nog wat eten?'

'Voor u zijn we altijd open.'

Zoals dat gaat met geweken gevaar, bracht het hen in een lacherige stemming en maakte het hen hongerig als wolven. Zozeer dat Enzo, die hen voortdurend hoorde lachen en zag eten alsof ze een week hadden gevast, vroeg of ze soms iets te vieren hadden. Bruno was nog rustelozer dan normaal, hij kon maar niet stil blijven zitten. Eerst liet hij zijn bestek op de grond vallen, toen een glas, dat gelukkig niet brak, en ten slotte stootte hij een fles olijfolie om, waarvan de inhoud over Montalbano's broek droop. Heel even betreurde de commissaris het dat het jongetje zo snel was gered, maar van die gedachte had hij meteen spijt. Na het eten gingen Livia en haar vrienden terug naar Pizzo. Montalbano haastte zich naar Marinella om een schone broek aan te trekken en ging toen naar het politiebureau om te werken.

's Avonds vroeg hij aan Fazio of een agent hem kon wegbrengen.

'Ja, chef, Gallo.'

'Is er niemand anders?'

Hij wilde zo'n formule 1-race als vanochtend zien te voorkomen.

'Nee, chef.'

In de auto gaf hij Gallo een waarschuwing.

'We hebben nu geen haast. Langzaam rijden dus.'

'Zegt u maar hoe hard ik moet gaan.'

'Hooguit dertig.'

'Dertig?! Nee, dertig kan niet, chef. Dan riskeren we een botsing. Kunnen we er vijftig of zestig van maken?'

'Vooruit dan maar.'

Alles ging goed tot op de onverharde weg naar de villa. Ter hoogte van het boerenhuis stak een hond de weg over. Om die te ontwijken, gooide Gallo het stuur om en vloog bijna tegen de deur van het huis, waarbij hij een grote, stenen pot kapot reed.

'Je hebt schade veroorzaakt,' zei Montalbano.

Terwijl ze uit de auto stapten, ging de deur van het huis open en verscheen er een kerel van een jaar of vijftig in de deuropening, sjofel gekleed en met een pet op zijn hoofd.

'Wat was dat?' vroeg de man en deed het lampje boven de deur aan.

'We hebben helaas een pot van u gebroken en zouden die graag willen vergoeden,' zei Gallo keurig.

Toen gebeurde er iets raars. De man zag de dienstauto, draaide zich met een ruk om, deed het licht uit, ging het huis in en sloeg de deur achter zich dicht. Gallo stond perplex.

'Hij zag de politieauto. Kennelijk is hij niet erg op ons gesteld,' zei Montalbano. 'Klop eens aan.'

Gallo klopte aan, maar er werd niet opengedaan.

'Is er iemand thuis?' riep hij.

Geen antwoord.

'Kom, we gaan,' zei de commissaris.

Laura en Livia hadden de tafel op het terras gedekt. De avond was zo mooi dat ze er weemoedig van werden. De hitte van overdag had op mysterieuze wijze plaatsgemaakt voor een zalige koelte, en de maan stond zo groot en rond aan de hemel dat ze in het licht ervan hadden kunnen eten.

De twee vriendinnen hadden een kleine maaltijd klaargemaakt, want de lunch bij Enzo was laat en overvloedig geweest.

Aan tafel vertelde Guido wat er die ochtend was voorgevallen met de lompe kerel bij het boerenhuis.

'Toen ik vertelde dat er een kind werd vermist, zei hij "o jee", haastte zich naar binnen en trok de deur achter zich dicht. Ik heb nog aangeklopt, maar hij deed niet meer open.'

Dus hij heeft niet alleen iets tegen de politie – dacht de commissaris, maar zei niets over de vrijwel gelijke reactie die hij en Gallo van de man hadden gekregen.

Na het eten stelden Guido en Laura voor om een strandwandeling te gaan maken in het maanlicht. Livia en Montalbano sloegen het voorstel af, maar gelukkig wilde Bruno wel met zijn ouders gaan wandelen.

Toen ze al een hele poos in de ligstoelen zaten te genieten van de stilte, slechts onderbroken door het gespin van Ruggero die tevreden op de buik van de commissaris lag te slapen, vroeg Livia: 'Laura heeft me er de hele middag van weerhouden om te gaan kijken waar Bruno gevonden is. Wil jij het me laten zien?'

'Ja, hoor. Ik haal even de zaklamp uit de auto.'

'Guido moet er ook ergens een hebben, die ga ik wel zoeken.'

Ze ontmoetten elkaar bij het uitgegraven raam, ieder met een zaklamp in de hand. Montalbano stapte als eerste over de vensterbank, keek om zich heen of er geen muizen rondliepen, en hielp toen Livia naar binnen. Natuurlijk sprong Ruggero achter hen aan.

'Ongelooflijk!' riep Livia toen ze de badkamer zag.

De lucht was zwaar en vochtig. Er was maar één raam dat frisse lucht doorliet en dat was niet voldoende om te ventileren.

Ze gingen naar de kamer waar de commissaris Bruno had gevonden.

'Je kunt daar beter niet naar binnen gaan, Livia, het is een modderboel.'

'Wat moet dat arme kind geschrokken zijn,' zei Livia terwijl ze toch de woonkamer in liep.

In het licht van hun zaklampen zagen ze de ingepakte raamkozijnen, en Montalbano zag een vrij grote kist tegen de muur staan. Uit nieuwsgierigheid en omdat de kist niet met een slot of een grendel was afgesloten, maakte hij hem open.

Onmiddellijk sloeg hij het deksel weer dicht en ging erbovenop zitten. Hij was precies de acteur Cary Grant in de film *Arsenic and Old Lace*. Toen Laura hem met haar zaklamp bescheen, schonk hij haar een geforceerde glimlach.

'Waarom lach je?'

'Ik lach niet.'

'Waarom trek je dan zo'n gezicht?'

'Wat voor gezicht?'

'Wat zit er in die kist?' vroeg Laura.

'Niets, die is leeg.'

Kon hij haar vertellen dat hij een lijk had gezien?

4

Laura en Guido kwamen pas na elven terug van hun romantische wandeling over het maanverlichte strand.

'Het was heerlijk!' riep Laura enthousiast. 'Precies wat ik nodig had na een dag als vandaag!'

Guido was iets minder enthousiast, want hij had Bruno moeten dragen, omdat die halverwege vreselijke slaap had gekregen.

Na hun bezoek aan het spookachtige appartement waren Livia en Montalbano weer in de ligstoelen gaan zitten, waar Montalbano vervolgens werd gekweld door twijfels Hamlet waardig: vertellen of niet vertellen?

Als hij zou vertellen dat er beneden een lijk lag, zou dat ongetwijfeld een enorm pandemonium veroorzaken, en zou er een helse nacht volgen. Hij wist absoluut zeker dat Laura het zou vertikken nog één minuut langer onder één dak te blijven met een lijk en dat ze beslist ergens anders zou willen slapen.

Maar waar? Hij had thuis geen logeerkamer. Dus zouden ze zich moeten behelpen. Maar hoe? Huiverend nam hij een mogelijk scenario door: Laura, Livia en Bruno in zijn grote bed, Guido op de bank en hijzelf in de leunstoel.

Nee, dat was niets, dan liever een hotel. Maar waar vond hij in Vigàta om middernacht nog een hotel dat open was? Misschien moest hij er een gaan zoeken in Montelusa. Maar dat zou eindeloos getelefoneer betekenen, heen en weer gerij naar Montelusa en vervolgens, als klap op de vuurpijl, het onvermijdelijke geruzie met Livia dat zou duren tot de volgende ochtend vroeg: 'Kon je geen ander huis uitzoeken?'

'Maar Livia, hoe kon ik nou weten dat er een dode lag?'

'O nee? Wist je dat niet? Je bent toch zo'n goede politieman?'

Nee – besloot hij – voor het moment was het beter om het niet te vertellen.

Wie weet hoe lang die dode bovendien al in die kist lag, een dag meer of minder zou voor hem geen verschil maken. En het onderzoek zou er dus ook niet onder lijden.

Nadat ze hun vrienden gedag hadden gezegd, vertrokken de commissaris en Livia naar Marinella.

Zodra Livia onder de douche stond, belde Montalbano vanaf de veranda zachtjes Fazio met zijn mobiel.

'Fazio? Met Montalbano.'

'Wat is er aan de hand, chef?'

'Ik heb geen tijd om het uit te leggen, maar je moet me over tien minuten thuis in Marinella bellen en zeggen dat je me dringend nodig hebt op het bureau.'

'Waarom? Wat is er gebeurd?'

'Geen vragen stellen. Doe wat ik je zeg.'

'En daarna?'

'Gewoon verder slapen.'

Vijf minuten later kwam Livia de badkamer uit en ging hij erin. Terwijl hij zijn tanden stond te poetsen, hoorde hij de telefoon rinkelen. Zoals hij had voorzien, nam Livia op: dat moest het toneelstukje geloofwaardiger maken.

'Salvo! Fazio aan de telefoon!'

Met zijn tandenborstel nog in de hand en zijn mond vol tandpasta liep hij naar de eetkamer. Tegen Livia, die naar hem stond te kijken, mopperde hij: 'Kan een mens zelfs op dit uur niet met rust gelaten worden?'

Hij greep de hoorn: 'Wat is er?'

'We hebben u onmiddellijk nodig op het bureau.'

'Kunnen jullie het niet alleen af? Nee? Nou, vooruit dan maar, ik kom eraan.'

Hij smeet de hoorn neer en deed alsof hij boos was: 'Worden ze dan nooit volwassen? Blijven ze altijd papa's hulp nodig hebben? Sorry, Livia, maar ik moet helaas...'

'Ik snap het al,' zei Livia met een stem zo koud als poolijs. 'Ik ga naar bed.'

'Wacht je op me?'

'Nee.'

Hij kleedde zich aan, stapte in de auto en vertrok naar Pizzo.

Hij reed heel langzaam, want hij wilde tijd winnen om er zeker van te zijn dat Laura en Guido al sliepen.

Ter hoogte van het tweede huis langs het landweggetje, het onbewoonde maar keurig onderhouden huis, parkeerde hij zijn auto. Hij stak een zaklamp bij zich en legde de rest van het weggetje te voet af omdat hij bang was dat het geluid van zijn auto in de stilte van de nacht zijn vrienden wakker zou maken.

Er brandde geen licht meer in het huis, wat betekende dat Laura en Guido al in dromenland waren.

Stilletjes liep hij naar het raam dat als deur fungeerde en stapte over de vensterbank naar binnen. Daar knipte hij zijn zaklamp aan en begaf zich naar de woonkamer.

Hij tilde het deksel van de kist. Het lijk was maar vaag te onderscheiden, omdat het in afdekfolie was gewikkeld, waarmee ook het illegale appartement was ingepakt. Bovendien zat er heel veel bruine tape omheen, van het soort dat voor pakjes wordt gebruikt. Het lijk zag eruit als iets wat het midden hield tussen een mummie en een verzendklare worst.

Hij bescheen het met de zaklamp en voor zover hij kon zien was het lichaam vrij goed bewaard gebleven, al dat folie moest het effect hebben gehad van een vacuümverpakking. Het liet niet eens zoveel door van de verschrikkelijke geur van de dood.

Met enige moeite ontwaarde hij rond het hoofd lang, blond haar, maar het gezicht kon hij niet zien, want daar zat tape omheen.

Het was in ieder geval een vrouw, dat wist hij zeker.

Er viel niets meer te zien of te doen. Hij deed de kist weer dicht, ging het appartement uit en reed terug naar Marinella.

Livia lag al in bed, maar sliep nog niet. Ze lag een boek te lezen.

'Ik ben zo snel mogelijk teruggekomen, schatje. Ik ga even douchen, want dat had ik net niet gedaan en...'

'Ssst. Schiet op, geen tijd meer verspillen.'

Toen Livia de volgende ochtend om negen uur uit de badkamer kwam, zat Montalbano op de veranda.

'Ben je er nog? Je zou toch naar het politiebureau gaan voor die zaak van gisteravond?'

'Ik ben van gedachten veranderd. Ik neem een halve dag vrij en ga met jou mee naar Pizzo. Dan kunnen we de ochtend samen doorbrengen.'

'O, wat leuk!'

Laura, Guido en Bruno stonden al klaar om naar het strand te gaan. Laura had lunchpakketjes gemaakt, zodat ze de hele dag buiten konden blijven.

Wanneer en hoe moet ik het slechte nieuws brengen? vroeg de commissaris zich ondertussen wanhopig af.

Het was Guido die hem een handje hielp.

'Heb je de makelaar al gebeld om te vertellen over het illegale appartement?'

'Nee, nog niet.'

'Waarom niet?'

'Ik ben bang dat hij de huur verhoogt, omdat jullie nu de beschikking hebben over twee appartementen.'

Hij probeerde er een grapje van te maken, maar Livia kwam ertussen: 'Waar wacht je op? Ik wil het gezicht wel eens zien van de man die het heeft verhuurd.'

Ik wil jouw gezicht straks wel eens zien! dacht Montalbano, maar hij zei: 'Er is helaas een groot probleem.'

'Wat dan?'

'Zou je Bruno even weg kunnen sturen?' vroeg Montalbano zachtjes aan Laura.

Ze keek hem verbaasd aan, maar deed wat hij zei.

'Bruno, doe mama eens een plezier. Haal nog even een fles mineraalwater uit de koelkast in de keuken.'

Zijn verzoek had hen nieuwsgierig gemaakt.

'Nou?' vroeg Guido.

'Ik heb een lijk gevonden. Van een vrouw.'

'Waar?' vroeg Guido.

'In het benedenappartement. In de woonkamer. In een kist.'

'Maak je een geintje?' vroeg Laura.

'Nee,' zei Livia. 'Ik ken hem. Hij maakt geen geintje. Heb je dat gisteren ontdekt toen we naar beneden gingen?'

Bruno kwam terug met een fles.

'Nog een!' riepen ze in koor.

Het jochie zette de fles op de grond en liep weer weg.

'En jij,' zei Livia, die begon te beseffen wat er aan de hand was, 'hebt mijn vrienden met een lijk in huis laten slapen?'

'Kom nou, Livia, het ligt op de benedenverdieping! Het is toch niet besmettelijk!'

Plotseling begon Laura weer te gillen als een sirene, haar specialiteit.

Ruggero, die lekker op het muurtje lag te zonnen, schoot ervandoor. Bruno kwam terug uit de keuken, zette de fles op de grond en holde weg om er nog een te halen, zonder dat iemand hem dat had gevraagd.

'Schoft!' zei Guido boos.

En hij liep achter zijn vrouw aan, die huilend in de slaapkamer was verdwenen.

'Het was voor hun eigen bestwil!' probeerde Montalbano zich bij Livia te verontschuldigen.

Ze keek hem vol minachting aan.

'Vannacht had je met Fazio afgesproken dat hij je zou bellen, zodat je een smoes had om de deur uit te gaan, hè?'

'Ja.'

'En toen ben je teruggegaan om het lijk beter te bekijken, hè?'

'Ja.'

'En daarna heb je met mij gevreeën! Smeerlap!'

'Ik ben toch gaan douchen om...'

'Weerzinwekkend vind ik je!'

Ze stond op om naar haar vrienden te gaan. Vijf minuten later kwam ze terug, ijskoud.

'Ze pakken hun koffers.'

'Gaan ze weg? En hun vliegtickets dan?'

'Guido heeft besloten niet op de vlucht te wachten, maar met de auto te gaan. Je moet me naar Marinella brengen. Ik pak mijn koffer en ga met hen mee.'

'Maar, Livia, wees nou redelijk!'

'Ik wil er niets meer over horen!'

De hele weg naar Marinella hield ze haar mond stijf dicht. Montalbano durfde niets te zeggen. Thuis propte ze haar spullen in haar koffer en ging met een lang gezicht op de veranda zitten.

'Zal ik iets te eten voor je klaarmaken?'

'Jij denkt ook maar aan twee dingen.'

Ze zei niet welke, maar Montalbano begreep wat ze bedoelde.

Tegen enen kwam Guido Livia ophalen. Ook Ruggero zat in de auto. Kennelijk had Bruno geen afstand van hem willen doen. Guido gaf Montalbano de sleutel van het huis, maar geen hand. Laura keek de andere kant op, Bruno stak zijn tong uit, en Livia gaf hem niet eens een afscheidskus.

In de steek gelaten en afgewezen zag Montalbano hen met een bedroefd hart vertrekken. Diep vanbinnen was hij echter ook wel een klein beetje opgelucht.

Eerst belde hij Adelina.

'Adelì, Livia moest plotseling terug naar Genua. Kun je morgenochtend komen?'

'Goed, maar straks kom ik ook.'

'Dat hoeft niet.'

'Ik kom toch. Mevrouw heeft het huis vast smerig achtergelaten.'

In de keuken lag nog wat oud brood. Dat at hij op, samen met een stuk kaas uit de koelkast. Toen ging hij op bed liggen en viel in slaap.

Om vier uur werd hij wakker. Aan het gerinkel van borden en glazen te horen, was Adelina al in de keuken bezig.

'Mag ik een kopje koffie, Adelì?'

'Natuurlijk, commissaris.'

Met een verontwaardigd gezicht bracht ze hem koffie.

'Tsjongejonge, de borden waren vet en in de badkamer lag een vieze onderbroek!'

Als er één vrouw bezeten was van schoonmaken, dan was dat Livia wel, maar in de ogen van Adelina bleef ze iemand wier levensideaal het was in een varkensstal te wonen.

'Ik zei toch dat ze halsoverkop moest vertrekken.'

'Heeft u ruzie? Bent u uit elkaar?'

'Nee, we zijn niet uit elkaar.'

Adelina leek teleurgesteld en ging terug naar de keuken.

Montalbano stond op om te bellen.

'Makelaarskantoor Aurora? Met commissaris Montalbano. Ik zou graag signor Callara spreken.'

'Een ogenblikje alstublieft,' antwoordde een vrouwenstem.

'Commissaris? Goedemiddag, wat kan ik voor u doen?'

'Bent u op kantoor?'

'Ja, tot sluitingstijd. Hoezo?'

'Over een halfuurtje kom ik bij u langs om de sleutel van het huis terug te geven.'

'Waarom?! Zouden uw vrienden niet blijven tot...'

'Ja, eigenlijk wel, maar ze moesten vanochtend plotseling vertrekken, een aantal dagen eerder dan gepland, in verband met een sterfgeval.'

'Heeft u het contract gelezen, commissaris?'

'Doorgebladerd. Hoezo?'

'Daar staat duidelijk in dat wij de cliënt niets verschuldigd zijn in geval van voortijdig vertrek.'

'Wie had het daarover, signor Callara?'

'O, gelukkig. Dan hoeft u ook niet de moeite te doen om hierheen te komen, ik stuur wel iemand naar het politiebureau om de sleutel op te halen.'

'Nee, want ik wil ook iets met u bespreken en u daarna iets laten zien.'

'O, zoals u wilt.'

'Catarella? Met Montalbano.'

'Ik had u al herkend voor wat betreft uw stem, chef, die echt helemaal van uzelf is.'

'Is er nog nieuws?'

'Nee, chef, helemaal niets. Met de uitzondering achtergelaten dat Filippo Ragusano, die bij u bekend is als de eigenaar van de schoenwinkel naast de kerk, op zijn zwager van hem heeft geschoten, namelijk op Gasparino Manzella.'

'Heeft hij hem vermoord?'

'Nee, chef, hij is er met een schampschot onder vandaan gekomen.'

'Waarom heeft hij op hem geschoten?'

'Hij zegt dat Gasparino Manzella hem uitdoeg, dat het veels te heet was en dat er ook nog bovendien een hele irritante vlieg op zijn hoofd zat. Daarom heeft hij op hem geschoten.'

'Is Fazio op het bureau?'

'Nee, chef, hij is naar de ijzeren brug toe gemoeten, omdat iemand daar het hoofd van zijn vrouw heeft ingeslagen.'

'Goed, luister, ik wilde zeggen...'

'Er is nog wel iets anders dat namelijk is gebeurd.'

'O ja? Ik dacht al. Wat dan?'

'Inspecteur Alberto Virduzzo heeft zich op een modderige locatie begeven, is uitgegleden over zijn twee benen waarvan hij er één heeft gebroken. Gallo is met hem zelf mee naar het ziekenhuis.'

'Goed, ik wilde zeggen dat ik wat later kom.'

'U bent de baas, chef.'

Callara was in gesprek met een cliënt en Montalbano ging buiten een sigaret roken. Het was zo heet dat het asfalt bijna smolt, zijn schoenen bleven eraan plakken. Zodra hij klaar was, kwam Callara hem persoonlijk halen.

'Komt u maar mee naar mijn kantoor, commissaris. Ik heb airconditioning.'

Daar had Montalbano een hekel aan, maar goed.

'Ik wil u wat laten zien, maar voor we gaan...'

'Waarheen?'

'Naar het huis dat u aan mijn vrienden heeft verhuurd.'

'Waarom? Was er iets niet in orde? Was er iets stuk?'

'Nee, alles was in orde, maar u moet toch met me mee.'

'Zoals u wilt.'

'Als ik me goed herinner, vertelde u me, toen we het huis gingen bekijken, dat het was gebouwd voor een Duitse emigrant, Angelo Speciale, die was getrouwd met een Duitse weduwe wier zoon, Ralf, als ik me niet vergis, met zijn stiefvader was meegekomen, maar tijdens de terugreis op mysterieuze wijze is verdwenen. Klopt dat?'

Callara keek hem bewonderend aan.

'Dat klopt! Wat een geheugen!'

'U heeft natuurlijk het adres en het telefoonnummer van signora Speciale?'

'Natuurlijk. Een ogenblikje, dan pak ik haar gegevens er even bij.'

Montalbano schreef ze over. Callara werd nieuwsgierig.

'Waarom...'

'Dat zult u zo meteen wel zien. Ik meen me ook te herinneren dat u de naam noemde van de aannemer die het huis heeft gebouwd.'

'Michele Spitaleri. Wilt u zijn telefoonnummer ook?'

'Ja.'

Hij nam het over.

'Commissaris, kunt u me zeggen waarom...'

'Onderweg zal ik u alles vertellen. Hier is de sleutel van het huis.'

'Duurt het lang?'

'Dat durf ik niet te zeggen.'

Callara keek hem vragend aan, maar Montalbano hield zijn gezicht neutraal.

'Ik stel de receptioniste wel even op de hoogte,' zei Callara.

Ze gingen met de auto van Montalbano. Onderweg vertelde hij Callara over de verdwijning van de kleine Bruno, de zoektocht en over de reddingsactie met de hulp van de brandweer.

Callara maakte zich maar over één ding zorgen.
'Hebben ze schade veroorzaakt aan het huis?'
'Wie?'
'De brandweermannen.'
'Nee, vanbinnen niet.'
'Gelukkig maar, want bij een brand in de keuken van een ander huis dat ik verhuur, heeft de brandweer destijds meer schade aangericht dan het vuur zelf.'
Geen woord over het illegale appartement.
'Bent u van plan signora Speciale op de hoogte te stellen?'
'Zeker, maar ik betwijfel of zij er iets van weet. Het zal wel een idee van Angelo Speciale geweest zijn, en ik zal alles zelf moeten regelen.'
'Gaat u legalisatie aanvragen?'
'Ik weet niet of...'
'U begrijpt dat ik als overheidsfunctionaris niet kan doen alsof mijn neus bloedt.'
'Het is maar een hypothese, maar als ik aannemer Spitaleri zou inschakelen, en alles weer net zo liet maken als het was...'
'Dan geef ik u, signora Speciale en de aannemer aan wegens illegale bouwactiviteiten.'
'Als de zaken er zo voor staan...'

'Kijk nou toch!' riep Callara verwonderd uit toen hij door het raam van de badkamer naar binnen stapte en zag dat die klaar was voor gebruik.
Met zijn zaklamp leidde Montalbano hem door de kamers.
'Kijk nou toch!'
Ook door de woonkamer.
'Kijk nou toch!'
'Ziet u, zelfs de raamkozijnen staan klaar. Ze hoeven alleen nog maar te worden uitgepakt.'
'Kijk nou toch!'

Als bij toeval liet de commissaris het licht van de zaklamp even langs de kist glijden.

'Wat is dat?' vroeg Callara.

'Het ziet eruit als een kist.'

'Wat zit erin? Heeft u hem opengemaakt?'

'Ik? Nee. Waarom zou ik?'

'Mag ik uw zaklamp even?'

'Alstublieft.'

Alles liep volgens plan.

Callara tilde het deksel op en scheen in de kist. Ditmaal klonk niet het vertrouwde 'Kijk nou toch'. De man deed een grote sprong achteruit.

'O god! O god!'

Het licht van de lamp trilde in zijn hand.

'Wat is er?'

'D-d-daar ligt d-d-dode!'

'Nee, echt?!'

5

Eindelijk kon de commissaris aandacht besteden aan het lijk, dat nu officieel ontdekt was.

Eigenlijk moest hij eerst aandacht besteden aan Callara, die, nadat hij zich door het raam naar buiten had gehaast, zo moest overgeven dat zelfs het eten van een week geleden er nog uit kwam.

Montalbano maakte het echte huis open, leidde de onwel geworden Callara naar de bank in de woonkamer en bracht hem een glas water.

'Mag ik naar huis?'

'Meent u dat? Ik kan u nu toch niet wegbrengen!'

'Ik vraag of mijn zoon me komt halen.'

'Geen sprake van! Heeft u nou zojuist een lijk ontdekt, of niet? U moet op de officier van justitie wachten! Wilt u nog een glas water?'

'Nee, ik heb het koud.'

Koud, in die hitte?

'Ik haal wel een deken uit de auto.'

Na zijn rol van barmhartige Samaritaan te hebben vervuld, belde hij naar het politiebureau.

'Catarella? Is Fazio er?'

'Hij is onderweg, chef.'

'Hoezo?'

'Hij telefoneerde zojuist op met de exacte boodschap dat ik over vijf minuten hier ben. Ik bedoel hij. Niet ik, want ik ben er al.'

'Luister, er is een lijk ontdekt, dus hij moet me onmiddellijk op dit nummer bellen.'

Hij gaf hem het telefoonnummer van het huis.

'Hu! Hu!' deed Catarella.

'Wat doe je? Lach je of huil je?'

'Ik lach, chef.'

'Waarom?'

'Ik was altijd degene die het tegen u zei als er een dode was gevonden, maar nu bent u het die dat tegen mij zegt!'

Vijf minuten later ging de telefoon.

'Wat is er, chef? Heeft u een dode gevonden?'

'Ik niet, de makelaar die het huis aan mijn vrienden heeft verhuurd. Gelukkig waren die al vertrokken voor deze onplezierige ontdekking werd gedaan.'

'Is het een verse dode?'

'Ik zou zeggen van niet, sterker nog, dat sluit ik vrijwel uit. Ik moest de arme Callara bijstaan, die het lijk heeft gevonden, dus ik heb het maar vluchtig kunnen zien.'

'Gaat het om hetzelfde huis waar ik de brandweer naartoe heb gestuurd?'

'Precies. In Pizzo, Montereale Marina, het laatste huis op de onverharde weg. Neem iemand mee en waarschuw de officier van justitie, de technische recherche en dokter Pasquano, daar heb ik allemaal geen zin in.'

'Komt voor elkaar, chef.'

Fazio kwam samen met Galluzzo, deed handschoenen aan en vroeg aan Montalbano: 'Mag ik naar beneden gaan om te kijken?'

De commissaris zat op het terras van de zonsondergang te genieten.

'Natuurlijk. Pas op dat je geen vingerafdrukken achterlaat.'

'Gaat u niet mee?'
'Waarom zou ik?'

Een halfuur later barstte de gebruikelijke drukte los.

Eerst kwamen de mensen van de technische recherche, maar omdat die in de ondergrondse woonkamer geen fluit konden zien, waren ze nog een halfuur extra kwijt met het aanleggen van een provisorische lichtvoorziening.

Toen kwam dokter Pasquano met de ambulance, en zijn doodgravers. De dokter zag direct dat hij nog lang niet met zijn werk kon beginnen, ging op een ligstoel naast de commissaris zitten en dutte in.

Een uur later, toen de zon inmiddels bijna onder was, maakte iemand van de technische recherche hem wakker en vroeg: 'Dokter, wat moeten we doen? Het lichaam is helemaal ingepakt.'

'Uitpakken,' luidde het laconieke antwoord.

'Ja, maar zullen wij dat doen, of doet u het?'

'Dat kan ik beter zelf doen,' zei Pasquano, terwijl hij zuchtend opstond.

'Fazio!' riep Montalbano.

'Ja, chef?'

'Is Tommaseo er al?'

'Nee, chef, hij belde om te zeggen dat hij er niet binnen een uur kan zijn.'

'Weet je wat ik ga doen?'

'Nee, chef.'

'Ik ga eten en kom daarna terug. Het ziet ernaar uit dat het nog wel even kan duren.'

In de woonkamer zag hij Callara zitten. De man was niet meer van de bank af gekomen. Plotseling had hij medelijden met hem.

'Komt u maar mee, dan breng ik u naar Vigàta. Ik zal

de officier van justitie zelf wel vertellen hoe het gegaan is.'

'Dank u wel!' zei de man, en nam de deken mee.

Hij zette Callara voor zijn inmiddels gesloten kantoor af.

'U mag absoluut met niemand over die dode praten.'

'Mijn beste commissaris, ik heb minstens veertig graden koorts. Ademhalen lukt al nauwelijks, laat staan praten!'

Het zou helaas te veel tijd kosten om bij Enzo te gaan eten, dus reed hij naar Marinella.

In de koelkast stond een flink bord *caponatina*, een groenteschotel met aubergines, en een groot stuk kaas uit Ragusa. Adelina had zelfs vers brood klaargezet. Hij had zo'n honger dat de tranen hem in de ogen sprongen.

Ruim een uur had hij nodig om alles op te eten en er een halve karaf wijn bij te drinken. Daarna waste hij zijn gezicht, stapte in de auto en reed terug naar Pizzo.

Toen hij kwam aanrijden, rende de officier van justitie Tommaseo, die op de parkeerplaats voor het huis een frisse neus stond te halen, op hem af.

'Het ziet eruit als een seksueel misdrijf!'

Zijn ogen glansden en zijn stem klonk bijna blij. Zo was Tommaseo: hij genoot van elke crime passionnel en moord die samenhing met seks of overspel. Montalbano vond hem een maniak, maar dan alleen in mentaal opzicht.

Hij kwijlde bij iedere mooie vrouw die hij moest verhoren, maar of hij relaties of vriendschappen met vrouwen onderhield was niet bekend.

'Is dokter Pasquano nog binnen?'

'Ja.'

In het illegale appartement stikten ze bijna. Er liepen te veel mensen, en er kwam te veel hitte van de twee grote lampen die de technische recherche had neergezet. Het was nog benauwder dan eerst, en nu hing er ook nog de stank van zweet en, inmiddels ook, van de dood.

Het lijk was uit de kist gehaald en zo goed mogelijk uitgepakt. Er zaten nog maar een paar stukjes folie aan de huid vastgeplakt. Ze hadden het naakte lichaam op de brancard gelegd, waar dokter Pasquano naast zat om het onderzoek af te ronden. Montalbano begreep dat het niet het juiste moment was om hem vragen te stellen.

'Roep de officier van justitie!' zei de dokter plotseling.

Tommaseo verscheen.

'In deze hitte kan ik niet werken. Het lijk smelt onder mijn neus weg. Mag ik het meenemen?'

Tommaseo keek vragend naar het hoofd van de technische recherche.

'Wat mij betreft wel,' zei Arquà.

Arquà en Montalbano konden elkaar niet uitstaan. Ze groetten elkaar niet en spraken alleen maar met elkaar als het echt moest.

'Haal het lijk weg en verzegel het raam,' beval Tommaseo.

Pasquano keek naar Montalbano. De commissaris groette niemand, liep naar boven, haalde een biertje uit de koelkast – Guido had een hele voorraad aangelegd – en ging op het terras in zijn vaste ligstoel zitten. Hij hoorde de auto's van de parkeerplaats vertrekken.

Even later kwam dokter Pasquano weer naast hem zitten.

'Ik zie dat u de weg kent in huis. Zou ik ook een biertje kunnen krijgen?'

Op weg naar de keuken zag hij Fazio en Galluzzo naar buiten komen.

'Mogen wij ook gaan, chef?'

'Ja, hoor. Hier, neem dit mee. Het is het telefoonnummer van een zekere Spitaleri, een aannemer. Bel hem vanavond nog op om te zeggen dat hij zich morgenochtend, klokslag negen uur, op het politiebureau moet melden. Fijne avond.'

Hij reikte Pasquano een koud biertje aan en vertelde hem hoe het kwam dat hij het huis kende. Toen zei hij: 'Dokter, de avond is te mooi om te verpesten. Zegt u maar eerlijk of u zin heeft om een paar vragen te beantwoorden of niet.'

'Niet meer dan een stuk of vier, vijf.'

'Goed. Heeft u de leeftijd van het slachtoffer kunnen vaststellen?'

'Ja, ze zal een jaar of zestien geweest zijn. Eén.'

'Tommaseo zei dat het gaat om een seksueel misdrijf.'

'Tommaseo is een perverse klootzak. Twee.'

'Hoezo twee? Dat kunt u toch niet als vraag beschouwen! Niet vals spelen, hoor, we zijn nog steeds bij één.'

'Vooruit dan maar.'

'Twee: is ze verkracht?'

'Dat kan ik niet zeggen. Misschien zelfs na de autopsie niet. Ik neem echter aan van wel.'

'Drie: hoe is ze vermoord?'

'Haar keel is doorgesneden.'

'Vier: hoe lang geleden?'

'Vijf of zes jaar. Het lichaam is in goede staat gebleven, omdat het was ingepakt.'

'Vijf: is ze volgens u hier vermoord of ergens anders?'

'Dat moet u aan de technische recherche vragen. In ieder geval heeft Arquà veel bloedsporen op de grond gevonden.'

'Zes: ...'

'Nee, mijn bier is op en uw tijd is voorbij. Goedenavond.'

Hij stond op en ging weg. Ook Montalbano stond op, maar dan om nog een biertje uit de keuken te halen.

Op zo'n schitterende avond kon hij zich niet van het terras losmaken. Ineens miste hij Livia. Tot gisteravond hadden ze hier samen gezeten en was alles nog koek en ei geweest...

Plotseling leek de nacht koud.

Fazio was al om acht uur op het bureau, Montalbano kwam een halfuur later.

'Het spijt me, chef, maar ik geloof het niet.'

'Wat niet?'

'De ontdekking van het lijk.'

'Hoezo niet? Callara zag toevallig die kist staan, heeft het deksel opgetild en...'

'Chef, volgens mij heeft u het zo gespeeld dat Callara het wel moest ontdekken.'

'Waarom zou ik dat gedaan hebben?'

'Omdat u het lijk de dag ervoor al had gevonden, toen u naar het jongetje zocht. Natuurlijk heeft u die kist toen opengemaakt. Ik weet toch hoe u bent! U heeft het alleen niet meteen gezegd, zodat uw vrienden in alle rust konden vertrekken.'

Hij had hem doorzien. Niet precies, maar in grote lijnen had Fazio het geraden.

'Denk maar wat je wilt, Fazio. Heb je Spitaleri gevonden?'

'Ja, ik heb hem thuis gebeld. Zijn vrouw nam op en gaf me zijn mobiele nummer. Eerst stond zijn telefoon uit, maar een uurtje later nam hij op. Om negen uur is hij hier.'

'Heb je informatie over hem ingewonnen?'

'Natuurlijk, chef.'

Hij haalde een papiertje uit zijn zak en begon voor te lezen.

'Michele Spitaleri, zoon van Bartolomeo en Maria Finocchiaro, geboren te Vigàta op 6 november 1960, woonachtig in de Via Lincoln nummer 44, getrouwd met...'

'Stop,' zei Montalbano, 'ik ben in een goed humeur en daarom heb ik je even je gang laten gaan met je obsessie voor gegevens uit het bevolkingsregister, maar zo is het genoeg.'

'Bedankt voor uw geduld,' zei Fazio.

'Vertel maar gewoon wie Spitaleri is.'

'De zwager van de burgemeester. Zijn zus is getrouwd met Alessandro Pasquale, al acht jaar de burgemeester van Vigàta.'

'Elementair, mijn beste Watson.'

'In die hoedanigheid, en omdat hij maar liefst drie bouwbedrijven heeft, sleept hij 90 procent van de gemeentelijke aanbestedingen binnen.'

'En gunnen ze hem die?'

'Ja, want hij betaalt evenveel protectiegeld aan de familie Cuffaro als aan de familie Sinagra, en hij geeft zijn zwager natuurlijk ook een percentage.'

Dan zat de aannemer goed, want de Cuffaro's en de Sinagra's waren de twee belangrijkste, concurrerende maffiafamilies in Vigàta.

'En de uiteindelijke prijs van iedere aanbesteding wordt op die manier het dubbele van wat die oorspronkelijk was.'

'Die arme Spitaleri heeft geen keus, chef, anders zou hij erop verliezen.'

'Is er nog meer?'

Fazio aarzelde.

'Alleen maar roddels.'

'Zoals?'

'Dat hij van minderjarigen houdt.'

'Een pedofiel?'

'Ik weet niet hoe ik het moet noemen, chef, maar hij houdt van meisjes van veertien en vijftien.'

'En die van zestien?'

'Die vindt hij te oud.'

'Dan zal hij wel vaak naar het buitenland gaan, als sekstoerist.'

'Ja, maar ook hier komt hij aan meisjes. Geld genoeg. Er wordt gezegd dat de ouders van een meisje hem een keer wilden aangeven, maar dat hij toen een fortuin op tafel heeft gelegd en de dans is ontsprongen. Een andere keer heeft hij voor een ontmaagding betaald met een appartement.'

'En hij vindt mensen die bereid zijn hun dochter te verkopen?!'

'Dat is een kwestie van marktwerking, chef. Een duidelijk teken van democratie, vrijheid en vooruitgang.'

Montalbano keek hem verbluft aan.

'Waarom kijkt u me zo aan?'

'Omdat jij zegt wat ik had moeten zeggen...'

De telefoon ging.

'Chef, hier is signor Spitaleri, die zegt dat hij...'

'Ja, laat hem maar door.'

'Heb je hem verteld waarom hij moest komen?'

'Maakt u een geintje? Natuurlijk niet.'

Spitaleri – zongebruind, fijntjes gekleed, lichtgroen jasje, Rolex, haar tot op zijn schouders, gouden armbandje, gouden kruisje tussen het borsthaar dat uit zijn open hemd tevoorschijn kwam en gele mocassins zonder sokken – was duidelijk zenuwachtig geworden door het telefoontje. Alleen al aan de manier waarop hij op de punt van de stoel ging zitten, konden ze dat zien. Hij sprak als eerste.

'Commissaris, ik begrijp echt niet waarom u me heeft laten komen...'

'U zult het straks wel begrijpen.'

Waarom had hij meteen zo'n vreselijke hekel aan de man? Hij besloot zijn gebruikelijke tactiek van tijd rekken toe te passen.

'Fazio, ben jij klaar met Franceschini?'

Er was helemaal geen Franceschini, maar Fazio had wel vaker Montalbano's spelletjes meegespeeld.

'Nog niet, chef.'

'Goed, ik help je even, dan duurt het maar vijf minuten.'

Terwijl hij opstond zei hij tegen Spitaleri: 'Een ogenblikje geduld, alstublieft, ik kom zo bij u.'

'Ik heb zo een afspraak, commissaris, die ik echt niet kan...'

'Dat begrijp ik.'

Ze gingen naar Fazio's kamer.

'Zeg tegen Catarella dat hij koffie moet zetten. Wil jij ook?'

'Nee, dank u, chef.'

Hij dronk zijn koffie rustig op en rookte daarna een sigaretje op het parkeerterrein. Spitaleri was gekomen in een nieuwe Ferrari, wat Montalbano's hekel aan de man nog eens deed toenemen. Een Ferrari hebben in een dorp is als een leeuw houden op het toilet.

Toen Fazio en hij terugkwamen op zijn kantoor, zat Spitaleri te bellen met zijn mobiele telefoon.

'...tegen Filiberto. Ik bel je later,' zei de aannemer toen hij hen zag binnenkomen. En hij stopte zijn telefoon weer in zijn zak.

'Ik zie dat u heeft zitten bellen,' zei Montalbano streng en begon een improvisatie de commedia dell'arte waardig.

'Hoezo? Mag dat niet?' vroeg de aannemer strijdlustig.

'U had het even moeten zeggen.'

Spitaleri werd rood van woede.

'Ik hoef u helemaal niets te zeggen! Tot het tegendeel is bewezen, ben ik een vrij staatsburger! Als u iets te...'

'Rustig maar, signor Spitaleri. U begaat een grote vergissing.'

'Vergissing?! U behandelt me alsof ik ben opgepakt!'

'Hoezo opgepakt?'

'Ik wil mijn advocaat spreken!'

'Als u eerst nou eens luistert naar wat ik te zeggen heb, dan kunt u daarna beslissen of u uw advocaat wilt spreken.'

'Nou, goed dan.'

'Fijn. Als u had gezegd dat u wilde bellen, dan was het mijn plicht geweest u te waarschuwen dat alle telefoongesprekken van en naar politiebureaus in Italië, ook de mobiele gesprekken, worden opgenomen.'

'Wat?!'

'Zo is het nou eenmaal. Een heel recente bepaling van het ministerie. Weet u, met al dat terrorisme...'

Spitaleri werd lijkbleek.

'Ik wil de tape hebben!'

'U wilt ook telkens wat! Een advocaat, een tape...'

Zijn medespeler Fazio begon te lachen.

'Ha ha ha! Hij wil de tape!'

'Ja! En ik begrijp niet wat daar zo grappig aan is!'

'Dat zal ik u uitleggen,' kwam Montalbano tussenbeide. 'Wij hebben de tapes hier niet. Alles wordt via de satelliet opgenomen door de antimaffia- en antiterrorisme-eenheden in Rome. Zo voorkomen ze dat er iets wordt geschrapt of weggelaten, begrijpt u?'

Spitaleri zweette als een otter.

'En wat doen ze ermee?'

'Als ze in Rome op een tape iets horen wat niet in orde lijkt, geven ze ons een seintje en starten wij een onderzoek. Maar waarom maakt u zich eigenlijk ongerust? U heeft toch geen strafblad, dacht ik, u bent geen terrorist, geen maffioso...'

'Nee, natuurlijk niet, maar...'

'Maar?'

'Tja, ziet u... drie weken geleden is er op een van mijn bouwlocaties in Montelusa een ongeluk gebeurd.'

Montalbano keek naar Fazio, die te kennen gaf dat hij daar niets van wist.

'Wat voor een ongeluk?'

'Een bouwvakker... Een Noord-Afrikaan...'

'Een illegaal?'

'Naar het schijnt, maar er was mij verzekerd dat...'
'...hij dat niet was.'
'Ja, want de papieren...'
'...waren in orde.'
'Dus u weet alles al!'
'Inderdaad,' zei Montalbano.

6

Hij toverde een sluwe glimlach tevoorschijn en herhaalde: 'Dat geval kennen wij maar al te goed.'

'En of!' zei Fazio, en liet een onaangenaam lachje horen.

Een leugen zo groot als een olifant.

Het was de eerste keer dat ze ervan hoorden.

'Hij is van de steiger gevallen...' gokte de commissaris.

'...ja, van drie hoog,' vulde Spitaleri aan, intussen druipend van het zweet. 'Zoals u zult weten, is het op een zaterdag gebeurd. Na het werk was hij spoorloos, dus gingen zijn collega's ervan uit dat hij al naar huis was gegaan. Maandag hebben ze zijn lichaam pas ontdekt, toen de bouwlocatie weer open ging.'

'Dat weet ik, dat is me verteld door...'

'...commissaris Lozupone uit Montelusa. Hij heeft het onderzoek heel zorgvuldig uitgevoerd,' zei Spitaleri.

'Precies ja, Lozupone. En hoe heette de Noord-Afrikaan ook alweer? Zijn naam is me even ontschoten.'

'Mij ook.'

Eigenlijk – dacht Montalbano – zou er een groot monument moeten worden opgericht, zoiets als die suikertaart in Rome, voor de Onbekende Soldaat, maar dan ter nagedachtenis aan alle onbekende illegalen die stierven terwijl ze aan het werk waren voor een homp brood.

'Ziet u, dat verhaal van die valbeveiliging...'

Tweede grote gok.

'Die zat er, commissaris, echt waar! Ik zweer het! Uw

collega heeft het met eigen ogen gezien! De Noord-Afrikaan is dronken over de reling geklommen en naar beneden gevallen.'

'Bent u op de hoogte van de resultaten van de autopsie?'

'Ik? Nee.'

'Er zat geen alcohol in zijn bloed.'

Nog een leugen. Montalbano improviseerde erop los.

'Wel op zijn kleren,' zei Fazio met zijn nare lachje.

Hij speelde het spelletje mee.

Spitaleri zei niets. Hij veinsde niet eens verwondering.

'Met wie heeft u zojuist getelefoneerd?' ging de commissaris verder.

'Met de opzichter.'

'En wat heeft u tegen hem gezegd? U hoeft niet te antwoorden, hoor. Maar in uw eigen belang...'

'Ik zei dat u me waarschijnlijk had laten komen voor het ongeluk van die Noord-Afrikaan, en toen...'

'Zegt u maar niets meer, signor Spitaleri,' zei de commissaris toegeeflijk. 'Ik moet namelijk uw privacy respecteren, ziet u? En in mijn geval is dat geen formele naleving van de wet, maar een oprechte uiting van een diepgeworteld respect ten opzichte van anderen. Mocht er bericht komen uit Rome, dan zal ik u op het politiebureau ontbieden voor een verhoor.'

Achter de rug van de aannemer deed Fazio alsof hij applaudisseerde uit bewondering voor het toneelspel van Montalbano.

'Mag ik dan nu gaan?'

'Nee.'

'Waarom niet?'

'Ik heb u niet voor de dode bouwvakker laten komen, maar voor iets heel anders. Herinnert u zich dat u een kleine villa heeft gebouwd in Pizzo, in Montereale Marina?'

'Voor Angelo Speciale? Ja.'

'Het is mijn plicht u op de hoogte te stellen van een misdrijf. We hebben namelijk een illegale verdieping ontdekt.'

Spitaleri slaakte een diepe zucht van opluchting en begon toen onbedaarlijk te lachen. Had hij soms een zwaardere beschuldiging verwacht?

'Heeft u het eindelijk ontdekt? Daar heeft u dan ook lang over gedaan. Wat een gelul, zeg! Sorry, hoor, maar in onze branche is illegaal bouwen verplicht als je geen idioot wilt lijken in de ogen van anderen. Iedereen doet het! Speciale hoeft alleen maar legalisatie aan te vragen en dan...'

'Dat neemt niet weg dat u zich, in uw hoedanigheid als aannemer, niet heeft gehouden aan de bepalingen van de bouwvergunning.'

'Nee, maar dit is ronduit belachelijk!'

'Het is een misdrijf.'

'Een misdrijf, zegt u? Hoogstens een foutje, zou ik zeggen, zo eentje waar vroeger op school de rode pen doorheen ging. Gelooft u me, u gaat me niet aanklagen.'

'Is dat een dreigement?'

'Nee, die uit ik niet in het bijzijn van getuigen, maar als u me aanklaagt, maakt u zichzelf belachelijk en zal het hele dorp u uitlachen.'

Hij had praatjes gekregen, de smeerlap. Om dat telefoongesprek had hij het bijna in zijn broek gedaan, maar om illegale bouwactiviteiten moest hij lachen.

Montalbano besloot korte metten met hem te maken.

'Helaas heeft u waarschijnlijk gelijk, maar ik zal me toch met dat illegale appartement moeten bezighouden.'

'En waarom dan wel?'

'Omdat we er een lijk in hebben gevonden.'

'Een lijk?!' stamelde de aannemer.

'Ja. Van een vijftienjarig meisje. Een minderjarig meisje. Net geen kind meer. Op afschuwelijke wijze de keel doorgesneden.'

Hij had expres en nadrukkelijk verwezen naar de leeftijd van het slachtoffer.

Plotseling stak Spitaleri zijn armen naar voren alsof hij zich moest verweren tegen een onzichtbare kracht die hem naar achteren duwde. Hij probeerde overeind te komen, maar zijn benen lieten hem in de steek en hij viel terug op de stoel.

'Water...' kon hij met moeite uitbrengen.

Hij kreeg een glas water, en er werd zelfs cognac voor hem uit de bar gehaald.

'Gaat het weer?'

Spitaleri leek nog niet in staat te spreken, maar gaf met zijn hand aan dat het zozo ging.

'Nu ben ik aan het woord, signor Spitaleri, en u antwoordt ja of nee met uw hoofd. Afgesproken?'

De aannemer liet zijn hoofd zakken, wat zoveel moest betekenen als ja.

'De moord moet hebben plaatsgevonden op de dag dat de grond rondom de illegale verdieping met zand werd opgehoogd. Of op de dag daarvoor. Als het de dag daarvoor was, dan heeft de moordenaar het lijk ergens verborgen en het pas de volgende dag naar binnen gebracht, vóór de toegang tot de verdieping onmogelijk zou zijn geworden. Kunt u me volgen?'

Hij knikte.

'Als de moord daarentegen op de laatste dag van het werk is gepleegd, heeft de moordenaar een doorgang naar beneden opengelaten, het meisje mee naar binnen genomen, verkracht, de keel doorgesneden en in de kist gestopt. Daarna heeft hij het ondergrondse appartement verlaten en de doorgang afgesloten. Bent u het tot zover met me eens?'

Spitaleri haalde zijn schouders op.

'Heeft u tot op de laatste dag toezicht gehouden op de werkzaamheden?'

De aannemer schudde zijn hoofd.

'Waarom niet?'

Spitaleri spreidde zijn armen en er kwam een bulderend geluid uit zijn mond: 'Vroemmm...'

Deed hij een vliegtuig na?

'Zat u in een vliegtuig?'

Hij knikte.

'Hoeveel mannen hebben aan het ingraven van de illegale verdieping gewerkt?'

Spitaleri stak twee vingers op.

Moesten ze echt zo verdergaan? Het verhoor begon op een komedie te lijken.

'Ik heb schoon genoeg van uw manier van antwoorden, signor Spitaleri. Bovendien begin ik me af te vragen of u ons wel serieus neemt.'

Hij wendde zich tot Fazio.

'Wat denk jij?'

'Ja, dat vraag ik me ook af.'

'Weet je wat je doet, Fazio? Neem hem mee naar de doucheruimte, laat hem zich uitkleden en zet hem onder de waterstraal tot hij weer zichzelf is.'

'Ik wil mijn advocaat!' gilde Spitaleri, die op wonderlijke wijze zijn stem teruggevonden had.

'Is het wel zo'n goed idee om er publiciteit aan te geven?'

'Hoezo, wat bedoelt u?'

'Nou, als u uw advocaat belt, dan bel ik de pers. En ik geloof dat u al eerder met jonge meisjes in aanraking bent geweest... Als mensen hierover horen, bent u sowieso de lul. Werkt u echter met ons samen, dan staat u over vijf minuten weer buiten.'

De lijkbleke aannemer begon heftig te beven.

'Wat wilt u nog meer weten?'

'U heeft zojuist gezegd dat u de werkzaamheden niet zelf heeft kunnen afronden, omdat u op reis ging. Wanneer was dat?'

'Ik ben vertrokken op de ochtend van de laatste dag van de werkzaamheden.'

'Kunt u zich nog herinneren welke datum dat was?'

'12 oktober.'

Fazio en Montalbano keken elkaar aan.

'Kunt u ons zeggen of er in de woonkamer, naast de ingepakte raamkozijnen, ook een kist stond?'

'Ja, die stond er.'

'Weet u dat zeker?'

'Heel zeker. Een lege kist. Speciale had hem naar beneden laten brengen, en in de woonkamer laten zetten. Hij had de kist gebruikt om spullen uit Duitsland over te laten komen. Nu was hij half kapot, en Speciale had hem net zo goed weg kunnen gooien, maar hij zei dat een kist altijd nog van pas kon komen.'

'Wie waren de twee bouwvakkers die als laatsten aan het werk waren?'

'Dat kan ik me niet herinneren.'

'Dan kunt u beter uw advocaat bellen,' zei Montalbano, 'want dan moet ik u beschuldigen van medeplichtigheid...'

'Maar ik kan het me echt niet meer herinneren!'

'Dat spijt me voor u, maar...'

'Mag ik Dipasquale bellen?'

'Wie is dat?'

'De opzichter.'

'Dezelfde die u zojuist heeft gebeld?'

'Ja, hij was de opzichter tijdens de bouw van de villa van Speciale.'

'U kunt gerust bellen, als u maar geen dingen zegt die u kunnen compromitteren. Denkt u aan Rome.'

Spitaleri haalde zijn mobiel tevoorschijn en toetste een nummer in.

'Ja, met mij. Weet jij toevallig nog welke bouwvakkers zes jaar geleden aan de bouw van dat huis in Pizzo hebben gewerkt? Nee? En wat moet ik nu? Commissaris Montalbano wil het weten. O ja, dat is waar. Je hebt gelijk. Sorry.'

'Voor ik het vergeet, wilt u me meteen even het mobiele nummer van Dipasquale geven? Fazio, schrijf op.'

Spitaleri gaf het hem.

'En?' vroeg Montalbano.

'Hij weet het ook niet meer, maar alle gegevens liggen op kantoor. Mag ik ze gaan halen?'

'Ga uw gang.'

De aannemer stond op en holde bijna naar de deur.

'Wacht even, Fazio gaat met u mee, hij zal de namen en adressen van de bouwvakkers wel mee terug nemen. U dient ter beschikking te blijven van de politie.'

'Wat betekent dat?'

'Dat u Vigàta en omstreken niet mag verlaten. Als u verder weg moet, stelt u me daarvan op de hoogte. Trouwens, weet u nog waar u die twaalfde oktober naartoe vloog?'

'Naar eh... Bangkok.'

'U houdt echt van jong vlees, hè?'

Zodra Spitaleri en Fazio weg waren, belde hij de opzichter. Hij wilde de aannemer geen tijd gunnen hem te bellen om hun antwoorden op elkaar af te stemmen.

'Dipasquale? Met commissaris Montalbano. Hoe lang doet u erover om van de bouwlocatie naar het politiebureau in Vigàta te komen?'

'Maximaal een halfuur, maar dat hoeft u niet te vragen, want ik kan toch niet komen, ik ben aan het werk.'

'Ik ook. En mijn werk bestaat eruit u hier te laten komen.'

'Ik zeg u nogmaals dat ik niet kan.'

'Wat zou u ervan vinden als ik u ten overstaan van uw bouwvakkers in een dienstauto met loeiende sirenes kom halen?'

'Wat wilt u van me?'

'Komt u maar hierheen om uw nieuwsgierigheid te bevredigen. U heeft vijfentwintig minuten.'

De man deed er precies tweeëntwintig minuten over. In zijn haast had hij zich niet eens omgekleed en hij droeg nog steeds zijn overall, vies van de kalk. Dipasquale was een jaar of vijftig, klein en gedrongen, had spierwit haar en een pikzwarte snor. Hij keek degene met wie hij sprak nooit in de ogen en als hij dat wel deed, had hij een ondoorgrondelijke blik.

'Ik begrijp niet waarom u eerst signor Spitaleri laat komen voor die toestand met die Noord-Afrikaan, en nu mij voor het huis in Pizzo.'

'Ik heb u niet laten komen voor het huis in Pizzo.'

'O nee? Waarom dan wel?'

'Voor de dood van die Noord-Afrikaan. Hoe heette hij?'

'Dat kan ik me niet herinneren, maar het was een ongeluk. De man was stomdronken! Die mensen drinken iedere dag, en al helemaal op zaterdag! Commissaris Lozupone is dan ook tot de conclusie gekomen dat...'

'Laat u de conclusies van mijn collega maar achterwege en vertelt u me precies hoe het is gegaan.'

'Maar dat heb ik al aan de rechter verteld, en aan de commissaris...'

'Drie keer is scheepsrecht.'

'Nou, goed dan. Om halfzes die zaterdagmiddag waren we klaar met werken en zijn we naar huis gegaan. Maandagochtend...'

'Wacht even. Is het toen niemand opgevallen dat de Noord-Afrikaan er niet was?'

'Nee. Moet ik soms appèl houden?'

'Wie sluit de bouwplaats?'

'De bewaker, Filiberto Attanasio.'

Was dat niet de naam die Spitaleri noemde tijdens het telefoongesprek waarin ze hem hadden gestoord?

'Waarom hebben jullie een bewaker nodig? Betalen jullie geen protectiegeld?'

'Jawel, maar er is altijd wel een of andere junk die...'

'Ik snap het. Waar kan ik hem vinden?'

'Filiberto? Hij is ook de bewaker van de bouwlocatie waar we nu aan het werk zijn. Hij woont daar.'

'Buiten?'

'Nee, in een keet.'

'Waar is die bouwlocatie precies?'

Dipasquale vertelde het hem.

'Gaat u verder.'

'Maar ik heb alles al verteld! Maandagochtend hebben we de man dood gevonden. Hij was op driehoog over de reling geklommen en naar beneden gevallen. Een ongeluk, zeg ik toch!'

'Voor het moment laten we het hierbij.'

'Mag ik dan gaan?'

'Bijna. Was u aanwezig toen de werkzaamheden werden afgerond?'

Dipasquale verloor zijn geduld.

'Maar die zijn toch nog helemaal niet afgerond!'

'Ik heb het over de villa in Pizzo.'

'Maar zei u niet dat u me had laten komen voor de Noord-Afrikaan?'

'Ik ben van gedachten veranderd. Vindt u dat goed?'

'Heb ik een keus?'

'U weet natuurlijk dat er in Pizzo een illegale verdieping is gebouwd?'

Dipasquale leek verrast noch ongerust.

'Natuurlijk weet ik dat, dat was de opdracht.'

'Kent u de betekenis van het woord medeplichtigheid?'

'Die ken ik.'

'En wat heeft u daarover te zeggen?'

'Volgens mij bestaat er medeplichtigheid en medeplichtigheid. Het medeplichtigheid noemen dat ik iemand heb geholpen een illegale verdieping te bouwen is hetzelfde als een speldenprik een dodelijke verwonding noemen.'

Ook nog dialectische kwaliteiten had-ie, meneer de opzichter.

'Bent u in Pizzo gebleven tot aan het einde van de werkzaamheden?'

'Nee. Signor Spitaleri had me vier dagen daarvoor naar Fela overgeplaatst om een andere bouwlocatie op te zetten. Pizzo was grotendeels klaar, weet u. Het enige wat er nog moest gebeuren was de grond rondom de illegale verdieping ophogen. Makkelijk werk, waar geen leidinggevende bij aanwezig hoefde te zijn. Ik weet nog dat ik het aan twee bouwvakkers heb overgelaten, wiens namen ik me dus niet kan herinneren. Maar zoals ik ook al tegen signor Spitaleri heb gezegd, die kunnen makkelijk worden opgezocht in...'

'Ja, ja, de aannemer is al onderweg. Weet u of Speciale tot het einde van de werkzaamheden in Pizzo is gebleven?'

'Zolang ik er was, was hij er ook. En die gestoorde stiefzoon van hem ook, die Duitser.'

'Waarom noemt u hem gestoord?'

'Omdat hij dat was.'

'Hoezo dan?'

'Hij kon een uur lang op zijn kop staan met zijn voeten in de lucht. En hij at gras, op vier poten, als een schaap.'

'Is dat alles?'

'Als hij zijn behoefte moest doen, liet hij zijn broek zakken en deed het ongegeneerd waar iedereen bij was.'

'Zo zijn er toch wel meer? Natuurliefhebbers worden ze genoemd. Ik vind het zo te horen nogal meevallen hoe gestoord die jongen was.'

'Wacht even. Op een zomerdag is hij het drukke strand op gelopen, heeft zijn kleren uitgetrokken en is in zijn blote pik achter een meisje aan gehold.'

'Hoe is dat afgelopen?'

'Hij is door een paar jongens gegrepen en in elkaar geslagen.'

Misschien had Ralf het in zijn hoofd gehaald dat hij de faun van Mallarmé was. Wat de opzichter vertelde was bijzonder interessant.

'Zijn er nog meer van dat soort verhalen?'

'Ja, ik heb gehoord dat hij hetzelfde heeft geflikt bij een meisje dat hij tegenkwam op het landweggetje van de provinciale weg naar Pizzo.'

'Wat is er toen gebeurd?'

'Zodra hij haar zag, trok hij zijn kleren uit en begon achter haar aan te rennen.'

'Hoe heeft dat meisje zich weten te redden?'

'Net op dat moment reed signor Spitaleri voorbij met de auto.'

De juiste man op het juiste moment! Er schoten Montalbano allerlei spreekwoorden te binnen: van de regen in de drup, van de wal in de sloot... Maar hij vervloekte zichzelf om de banaliteit van zijn gedachten.

'Was Speciale op de hoogte van de acties van zijn stiefzoon?'

'Jazeker.'

'En wat zei hij ervan?'

'Niets. Hij moest erom lachen. Hij zei dat zijn stiefzoon in Duitsland ook wel eens van die rare buien had, maar dat hij verder ongevaarlijk was. Hij wilde die meisjes alleen maar kusjes geven, legde Speciale ons uit. Maar ik vroeg me af waarom die jongen zijn kleren in godsnaam moest uittrekken als hij alleen maar kusjes wilde geven...'

'Goed, voor het moment mag u gaan. U dient wel ter beschikking te blijven van de politie.'

Dipasquale had hem spontaan Ralfs hoofd geboden, en niet op een zilveren, maar op een gouden schaal. En de opzichter wist nog niet eens iets af van het vermoorde meisje. Dus nu had Montalbano de keuze uit maar liefst twee seksmaniakken: Spitaleri en Ralf. Er waren slechts twee kleine probleempjes: de jonge Duitser was op de terugreis naar Duitsland spoorloos verdwenen en Spitaleri was die verdomde twaalfde oktober op reis geweest.

7

Om de tijd te doden terwijl hij op Fazio zat te wachten, besloot hij de technische recherche te bellen.

'Met Montalbano. Ik zou graag Arquà willen spreken.'

'Blijft u aan de lijn.'

Het duurde zo lang dat hij op zijn gemak de tafels van zes, zeven, acht en negen kon opzeggen, en dat ook deed.

'Commissaris Montalbano? Het spijt me, maar signor Arquà is niet op zijn plaats.'

'Is hij dat ooit wel geweest?'

'Probeert u het over tien minuten nog eens.'

Niet op zijn plaats? Ammehoela! Die lul wilde belangrijk lijken. Maar hoe belangrijk kon een lul nou zijn? En had je daar gradaties in?

Hij liep zijn kantoor uit en kwam langs Catarella.

'Ik ga even koffiedrinken in de haven. Ben zo terug.'

Toen hij eenmaal buiten stond, besefte hij dat het geen goed idee was. Op de parkeerplaats was het net zo heet als vlak voor een open haardvuur. Hij verbrandde zich aan het autoportier. Vloekend ging hij weer naar binnen. Catarella keek hem verbaasd aan en wierp een blik op zijn horloge. Hij begreep niet hoe de commissaris in zo'n korte tijd naar de haven had kunnen gaan, koffie had kunnen drinken en terug had kunnen komen.

'Zet even koffie voor me, Catarella.'

'Weet u dat wel zeker, chef? U heeft er toch net een op? Te veel koffie is niet goed, hoor.'

'Je hebt gelijk. Laat maar zitten.'

'Met Montalbano weer. Ik wil Arquà spreken, als hij zijn plaats heeft gevonden.'

'Blijft u aan de lijn.'

Geen tafels dit keer, maar moeizame pogingen een melodietje te neuriën. Eerst een van The Rolling Stones, en toen een van The Beatles, maar omdat hij geen wijs kon houden, klonken ze ongeveer hetzelfde.

'Commissaris Montalbano? Signor Arquà is nog steeds niet op zijn plaats. Als u wilt, kunt u...'

'...over tien minuten terugbellen, ik snap het.'

Wat een tijdverspilling! En dat door een sukkel die er vast en zeker van genoot hem te laten wachten! Hij verfrommelde twee velletjes papier tot een prop en stopte die in zijn mond. Toen klemde hij met een paperclip zijn neus dicht en draaide opnieuw het nummer van de technische recherche. Hij nam een licht Toscaans accent aan.

'U spreekt met gevolmachtigd minister Gianfilippo Maradona. Verbind me ogenblikkelijk door met signor Arquà. Er is haast bij.'

'Jazeker, excellentie.'

Montalbano spuugde de prop uit en haalde de paperclip van zijn neus. Een halve minuut later klonk de stem van Arquà.

'Goedemorgen, excellentie. Wat kan ik voor u doen?'

'Hoezo excellentie? Je spreekt met Montalbano.'

'Maar ze zeiden dat...'

'Blijf me vooral excellentie noemen, hoor, dat vind ik fijn.'

Aan de andere kant was het even stil. Waarschijnlijk had Arquà zin om de verbinding te verbreken. Toen vroeg hij bot: 'Wat moet je?'

'Heb je me iets te vertellen?'

'Ja.'

'Doe dat dan maar.'

'Je moet wel "alsjeblieft" zeggen.'

'Alsjeblieft.'

'Stel je vragen maar.'

'Waar is ze vermoord?'

'Waar ze is gevonden.'

'Waar precies?'

'Naast de terrasdeur in wat de woonkamer moest worden.'

'Weet je dat zeker?'

'Heel zeker.'

'Waarom?'

'Daar lag een plas bloed.'

'En op andere plekken?'

'Niets.'

'Alleen maar die ene plas?'

'En sleepsporen van de plas bloed naar de kist.'

'Hebben jullie het moordwapen gevonden?'

'Nee.'

'Vingerafdrukken?'

'Bij de vleet.'

'Ook op het folie om het lichaam?'

'Daar niet.'

'Nog iets anders gevonden?'

'Een rol tape, die ook is gebruikt voor de raamkozijnen.'

'Ook zonder vingerafdrukken?'

'Ja.'

'Is dat alles?'

'Ja.'

'Krijg dan verder maar de tering.'

'Jij ook.'

Een fraaie dialoog. Zo bondig en beknopt als een tragedie van Vittorio Alfieri.

Er was wel iets uitgekomen: de moord had plaatsgevonden op de laatste werkdag van de bouwvakkers.

Op kantoor was het niet meer te harden. Van zijn hersens was alleen nog een soort dikke brij over, waarin zijn gedachten moeizaam rondjes draaiden en soms zelfs in elkaar verstrikt raakten.

Kon een commissaris met onblote borst achter zijn bureau zitten? Waren er regels die dat verboden? Voor zover hij wist niet. Als er maar niet onverwacht een vreemde binnenkwam.

Hij sloot de luiken van het raam waar toch alleen maar hitte door naar binnen kwam, en geen frisse lucht, deed het licht aan en trok zijn hemd uit.

'Catarella!'

'Ik kom eraan!'

Toen Catarella hem zag zitten, zuchtte hij: 'U boft maar, chef!'

'Denk eraan dat je niemand binnenlaat zonder me te waarschuwen. En nog iets: bel een winkel die ventilators verkoopt en laat hier een grote bezorgen.'

Fazio was nog steeds niet terug, dus pleegde hij nog een telefoontje.

'Dokter Pasquano? Met Montalbano.'

'Ah! Montalbano! Daar zat ik nou net op te wachten: iemand die aan mijn kop komt zeuren.'

'En u merkt: ik kom onmiddellijk aan uw verlangens tegemoet.'

'Wat wilt u verdomme?'

De typische, fijnzinnige, aristocratische vriendelijkheid van Pasquano.

'Weet u dat dan niet?'

'Aan dat meisje werk ik pas vanmiddag na de lunch. Bel me morgenochtend maar.'

'Vanavond niet meer?'

'Vanavond ben ik op de club voor een serieus spelletje poker en wil ik geen gezeik...'

'Nee, dat begrijp ik. Heeft u ook nog geen oppervlakkige blik op het lichaam kunnen werpen?'

'Jawel, een heel oppervlakkige.'

Uit de manier waarop hij dat zei, kon de commissaris opmaken dat de dokter al wel een aantal conclusies had getrokken. Hij moest alleen op de juiste manier worden aangepakt.

'Gaat u vanavond rond een uur of negen naar de club?'

'Ja, hoezo?'

'Nou, dan kom ik rond tienen met twee agenten zo'n stennis schoppen dat ik het hele pokerspelletje naar de klote help.'

Hij hoorde de dokter grinniken.

'Dus, wat kunt u me vertellen?'

'Ik kan bevestigen dat ze hooguit zestien was.'

'En verder?'

'De moordenaar heeft haar keel doorgesneden.'

'Waarmee?'

'Met een vlijmscherp zakmes, een Opinel of zo.'

'Kunt u zeggen of hij linkshandig was?'

'Ja, als ik in een kristallen bol ga zitten turen.'

'Is dat zo moeilijk te zeggen?'

'Behoorlijk, ja. En ik wil niet uit mijn nek lullen.'

'Dat doe ik zo vaak! Gun me het plezier u dat ook eens te horen doen.'

'Goed dan, maar denk eraan dat het een hypothese is. Volgens mij was de moordenaar niet linkshandig.'

‘Waar baseert u dat op?’

‘Ik heb me een idee gevormd van de positie.’

‘Welke positie?’

‘Heeft u nooit in de *Kamasutra* zitten bladeren?’

‘Wat bedoelt u?’

‘Goed, luister, maar ik stel nogmaals voorop dat het gaat om een veronderstelling mijnerzijds: de man haalt het meisje over met hem mee te gaan naar het appartement, dat op dat moment al volledig achter zand is verdwenen. Als hij haar eenmaal binnen heeft, denkt hij nog maar aan twee dingen. Ten eerste aan seks, ten tweede aan het juiste moment om haar te vermoorden.’

‘U denkt dus aan een moord met voorbedachten rade en niet aan een opwelling of iets dergelijks?’

‘Het is maar een idee.’

‘En waarom wilde hij haar vermoorden?’

‘Misschien was er al eerder contact geweest en had het meisje hem geld gevraagd in ruil voor haar zwijgen. Ze was tenslotte minderjarig en de man kan best getrouwd zijn geweest. Lijkt u dat geen goed motief?’

‘Jazeker wel.’

‘Kan ik doorgaan?’

‘Natuurlijk.’

‘Ze kleden zich uit. De man zet haar voorover met haar handen tegen de muur en neemt haar van achteren. Op het juiste moment...’

‘Kan de autopsie uitwijzen of er seksueel contact is geweest?’

‘Zes jaar later? Dat is zeker een geintje? Nou goed, ik zei dat op het juiste moment...’

‘Wanneer is dat?’

‘Als ze bezig zijn en het meisje niet direct kan reageren.’

‘Gaat u verder.’

‘...pakt hij het mes.’

'Stop. Waar haalt hij een mes vandaan, als hij naakt is?'

'Hoe moet ik dat verdomme weten? Als u me nog één keer in de rede valt, ga ik een ander verhaaltje vertellen, hoor, "Sneeuwwitje" of zo.'

'Het spijt me. Gaat u verder.'

'Hij pakt het mes, u moet zelf maar uitvinden waarvandaan, snijdt haar keel door, springt zelf naar achteren, en duwt haar omver. Hij wacht tot het bloeden is opgehouden, en rolt dan afdekfolie uit op de vloer. Dat ligt daar overal...'

'Stop. Voor hij het folie pakt, trekt hij rubberen handschoenen aan.'

'Hoezo?'

'Op het folie zijn geen vingerafdrukken gevonden, zei Arquà. En op de tape ook niet.'

'Ziet u wel dat hij het had gepland? Hij had zelfs handschoenen bij zich! Zal ik doorgaan?'

'Ja.'

'...hij pakt het lichaam in, en legt het in de kist. Als hij klaar is, kleedt hij zich weer aan. Waarschijnlijk heeft hij nog geen druppel bloed op zijn huid.'

'En de schoenen en kleren van het meisje?'

'Meisjes hebben tegenwoordig maar weinig aan. De man zal aan een plastic tasje genoeg hebben gehad om haar spullen mee te nemen.'

'Ja, maar waarom heeft hij ze meegenomen en niet in de kist gestopt?'

'Dat weet ik niet. Het kan een ondoordachte actie zijn geweest, moordenaars handelen niet altijd volgens een bepaalde logica, dat weet u beter dan ik. Neemt u daar genoegen mee?'

'Ja en nee.'

'Misschien hebben we wel met een fetisjist van doen, die af en toe de kleren van het meisje tevoorschijn haalt, ze tegen zijn neus houdt om de geur op te snuiven en zich daarbij afrukt.'

'Hoe bent u tot deze conclusie gekomen?'

'Van het afrukken, bedoelt u?'

Hij had zeker zin in een dolletje, dokter Pasquano.

'Ik bedoel de reconstructie van het moment van de moord.'

'Door te kijken waar en hoe de punt van het mes de keel is binnengegaan en door de lijn van de snede te bestuderen. Het meisje hield haar hoofd trouwens omlaag, met haar kin op de borst en ook dat heeft geholpen me een idee te vormen over hoe het eventueel gegaan zou kunnen zijn. Bovendien heeft de moordenaar haar rechterwang geschampt toen hij het mes weer uit haar keel trok.'

'Zijn er bijzondere kenmerken?'

'Voor de identificatie? Ze was geopereerd aan haar blinde darm en had een zeldzame aangeboren afwijking aan haar rechtervoet.'

'Wat voor iets?'

'Een *hallux varus*.'

'In lekentaal?'

'Een scheve grote teen.'

Ineens schoot hem te binnen wat hij direct had moeten doen, maar was vergeten. Dat kwam vast niet door zijn leeftijd, stelde hij zichzelf gerust, maar door de hitte, die het effect had van drie slaappillen.

'Catarella? Kom eens hier.'

Een kwartseconde later stond Catarella voor hem.

'Tot uw dienst, chef.'

'Je moet iets voor me opzoeken op de computer.'

'Doe ik, chef.'

'Je moet kijken of er op 13 of 14 oktober 1999 een zestienjarig meisje als vermist is opgegeven.'

'Ik ga onmiddellijk tot de uitvoering over.'

'En weet je al meer over die ventilator?'

'Ik heb vier winkels opgetelefoneerd, chef. Alle ventilators worden uitverkocht, maar ik zal nog meer winkels proberen.'

Hij wachtte nog een halfuur, en omdat Fazio toen nog steeds niet terug was, ging hij maar eten. Van het korte autoritje naar de trattoria raakte zijn hemd doorweekt van het zweet.

'Commissaris,' zei Enzo, 'het is vandaag te heet om iets warms te eten.'

'Wat stel je dan voor?'

'Heeft u vooraf misschien trek in een bord *antipasti* van kleine en grote garnalen, inktvis, ansjovis, sardientjes, mosselen en venusschelpen?'

'Ja, prima. En als hoofdgerecht?'

'Mulletjes zijn ook koud erg lekker, met uienkonfijt. En als dessert heeft mijn vrouw citroensorbet gemaakt.'

Zowel door de hitte als door zijn volle buik zag de commissaris af van zijn gebruikelijke wandeling over de pier, en ging direct naar Marinella.

Thuis zette hij alle ramen en deuren tegen elkaar open in de ijdele hoop op een beetje frisse lucht en ging bloot op bed liggen voor een dutje. Toen hij weer wakker werd, trok hij zijn zwembroek aan en ging, ondanks de kans op congestie, zwemmen.

Hij kwam opgefrist thuis, en had zin om Livia te spreken. Hij besloot zijn trots opzij te zetten en haar te bellen.

'O, ben jij het?' vroeg Livia. Er klonk verrassing noch blijdschap door in haar stem. Eigenlijk klonk ze antarctisch koud.

'Hoe was de terugreis?'

'Vreselijk. Het was bloedheet in de auto en de airco ging

stuk. En tijdens een stop bij een wegrestaurant voorbij Grosseto, was Bruno zoek.'

'Dat joch heeft talent.'

'Probeer alsjeblieft niet lollig te doen.'

'Het was maar een constatering. Waar zat hij?'

'Na twee uur zoeken vonden we hem in de cabine van een vrachtwagen.'

'Had de chauffeur niets gemerkt?'

'Nee, die lag te slapen. Zeg, ik moet nu gaan.'

'Waar ga je heen?'

'Mijn neef Massimiliano wacht beneden. Je treft me toevallig thuis, ik kwam alleen maar wat spullen ophalen.'

'Waar ben je geweest?'

'Bij Guido en Laura, in hun villa.'

'En ga je nu weer weg?'

'Ja, met Massimiliano. We gaan varen met zijn boot.'

'Wie gaan er mee?'

'Niemand, alleen hij en ik. Dag.'

'Dag.'

Waar haalde neef Massimiliano het geld vandaan om een boot te onderhouden, terwijl hij werkeloos was en de hele dag vliegen zat te tellen? Hij kon Livia maar beter niet meer bellen.

Hij wilde net de deur uit gaan, toen de telefoon ging.

'Ja?'

'Je hebt trouwens je woord niet gehouden!'

Het was Livia. Kennelijk had ze zin om ruzie te maken.

'Ik?!'

'Ja, jij, ja!'

'Mag ik ook weten wanneer ik mijn woord niet heb gehouden?'

'Je had gezworen dat er 's zomers in Vigàta geen moorden worden gepleegd.'

'Gezworen? Kom nou! Ik zal hoogstens gezegd hebben

dat iemand niet in de zomerhitte een moord gaat plegen, maar daarmee wacht tot de herfst.'

'Waarom hebben Guido en Laura dan hartje augustus zowat het bed gedeeld met een moordslachtoffer?'

'Het bed gedeeld? Niet overdrijven, Livia!'

'Nou ja, bijna.'

'Luister, die moord dateert van oktober zes jaar geleden. Oktober, hoor je? Wat trouwens betekent dat mijn theorie niet helemaal uit de lucht gegrepen was.'

'Voor mij telt dat door jouw schuld...'

'Mijn schuld?! Als die rakker van een Bruno niet was gezwicht voor de verleiding om Houdini te evenaren...'

'Wie is dat?'

'Een beroemde goochelaar. Hoe dan ook, als Bruno niet onder de grond was gaan snuffelen, zou niemand gemerkt hebben dat er een benedenverdieping bestond waar een lijk lag en zouden jouw vrienden rustig hebben kunnen verder slapen.'

'Je cynisme is walgelijk.'

En ze hing op.

Het was al bijna zes uur toen hij op het politiebureau kwam.

Hij had wel eerder willen gaan, maar toen hij de deur uit stapte, werd hij overvallen door zo'n verstikkende hitte dat hij weer naar binnen was gevlucht. Hij had zich uitgekleed, had de badkuip gevuld met koud water en was er een uur in blijven zitten.

'Chef, chef! Ik heb haar gevonden! Ik heb haar geïntentificeerd!'

Catarella leek wel een pauw, met zijn armen naar opzij uitgestrekt en zijn vingers gespreid.

'Kom mee naar mijn kamer.'

Catarella volgde hem met een velletje papier in zijn

hand en zo'n trotse houding dat op de achtergrond bijna de triomfmars van *Aïda* te horen was.

8

Montalbano las de aangifte die Catarella voor hem had uitgeprint, en bekeek de foto die erbij zat.

> MORREALE *Caterina, roepnaam Rina*
> *Dochter van Giuseppe Morreale en Francesca Dibetta*
> *Geboren te Vigàta op 3 juli 1983*
> *Woonachtig te Vigàta in de Via Roma 42*
> *Vermist sedert 12 oktober 1999*
> *Aangifte gedaan door de vader op 13 oktober 1999*
> *Lengte: 1,75 m*
> *Haarkleur: blond*
> *Ogen: blauw*
> *Lichaamsbouw: slank*
> *Bijzondere kenmerken: klein litteken van een blindedarmoperatie en een scheve grote teen aan de rechtervoet.*
>
> NB *Aangifte gedaan op het politiebureau van Fiacca*

Hij schoof het formulier van zich af, en leunde met zijn voorhoofd op zijn handen.

De keel afgesneden als van een beest, als van een schaap.

Nu hij wist hoe ze eruitzag, was hij er zeker van dat dokter Pasquano zowel gelijk als ongelijk had.

Gelijk over de manier waarop ze was vermoord, maar ongelijk over de reden waarom. Pasquano had een hypothese geformuleerd over chantage, maar deze Rina Morreale met haar lichte, heldere ogen zou nooit tot chantage in staat zijn geweest.

Ook al zou ze hebben ingestemd te vrijen met de man die haar later zou vermoorden, zou ze hem ook vrijwillig zijn gevolgd door de smalle en gevaarlijke opening naar het illegale, ondergrondse appartement? Bovendien moet het daarbinnen aardedonker zijn geweest. Had de moordenaar soms een zaklamp bij zich?

Was er geen betere plek? Hadden ze het niet in een auto kunnen doen? Pizzo lag afgelegen genoeg, dat zou geen problemen hebben opgeleverd.

Nee, Rina Morreale was vast door haar moordenaar gedwongen de ruimte binnen te gaan, die later haar graf zou worden.

Catarella kwam naast hem staan om naar de foto van het meisje te kijken. Misschien had hij dat eerder nog niet zo bewust gedaan.

'Wat was ze mooi!' mompelde hij aangeslagen.

Op de foto was een meisje van uitzonderlijke schoonheid te zien, haar hals had door Botticelli geschilderd kunnen zijn.

Er hoefde dus niet verder gezocht te worden. Alleen moest nu haar familie worden ingelicht, zodat er iemand naar Montelusa kon komen voor de identificatie.

Montalbano voelde een steek in zijn hart.

'Wat was ze mooi!' herhaalde Catarella zachtjes.

De commissaris keek op en zag verbaasd hoe Catarella met de mouw van zijn jasje zijn ogen afveegde.

Hij kon maar beter een ander onderwerp aansnijden.

'Is Fazio al terug?'

'Ja, chef.'

'Roep je hem even?'

Ook Fazio had een vel papier in zijn hand toen hij het kantoor binnenstapte.

'Catarella vertelde dat het meisje is geïdentificeerd. Mag ik haar zien?'

Montalbano reikte hem de aangifte aan en Fazio keek ernaar.

'Arm kind.'

'Als we hem te pakken krijgen, en dat doen we, daar ben ik zeker van, dan sla ik hem op zijn bek,' zei de commissaris zachtjes.

Er schoot hem iets te binnen.

'Waarom hebben de ouders van het meisje haar eigenlijk in Fiacca als vermist opgegeven?'

'Dat weet ik ook niet, chef. In dat jaar werd de politie wel geacht samen te werken zonder dat duidelijk was welk bureau welke bevoegdheden had. Kunt u zich die toestand nog herinneren?'

'Nou en of. Iedereen moest alles doen, en deed daarom niets. Laten we het in ieder geval aan de familie vragen.'

'Wie gaat die trouwens op de hoogte stellen?' vroeg Fazio.

'Jij, maar bel eerst Tommaseo, dan hebben we dat gehad.'

Fazio sprak met de officier van justitie, die de aangifte toegestuurd wilde krijgen. Voordat de familie op de hoogte zou worden gesteld, wilde hij dokter Pasquano spreken en absoluut zeker zijn van de identificatie.

'Catarella!'

'Hier ben ik, chef.'

'Kom de aangifte van het meisje halen en stuur die onmiddellijk door naar Tommaseo.'

Toen Catarella weer weg was, viel Montalbano Fazio aan.

'Waarom heb je er de hele ochtend over gedaan om die namen te vinden?'

'Ik niet, chef, Spitaleri.'

'Hebben ze daar geen computer, of een kaartsysteem?'

'Jawel, maar op kantoor bewaren ze alleen de gegevens van de afgelopen vijf jaar en aangezien het huis zes jaar geleden is gebouwd...'

'Waar bewaren ze de rest van de gegevens dan?'

'Bij de zus van de aannemer thuis, en die was naar Montelusa, dus moesten we wachten tot ze terugkwam.'

'Ik snap niet waarom hij die documenten bij zijn zus bewaard.'

'Nou, ik wel.'

'Leg eens uit dan.'

'Voor de fiscale recherche. Voor het geval die een onverwachte inval doet. Op deze manier heeft de aannemer tijd om zijn zus te waarschuwen, die natuurlijk instructies heeft gekregen over welke documenten ze dan wel naar het kantoor van haar broer moet brengen en welke niet. Snapt u, chef?'

'Het is me glashelder.'

'Dus, de bouwvakkers die aan het werk waren...' begon Fazio.

'Wacht even. We hebben het nog niet over Spitaleri gehad.'

'Voor wat betreft de moord...'

'Nee, ik wil het over de aannemer Spitaleri hebben, die zich als projectontwikkelaar met dubieuze praktijken bezighoudt. Niet over de Spitaleri die van minderjarigen houdt, daar hebben we het later nog wel over. Wat is jouw indruk?'

'Die man is spijkerhard, chef. Toen wij het deden voorkomen alsof wij wisten dat er bij de autopsie geen alcohol in het bloed van de Noord-Afrikaan was gevonden, maar alleen op zijn kleren, gaf hij geen kik. Hij had op zijn minst verbaasd moeten reageren, of moeten zeggen dat dat niet waar kon zijn.'

'Dus om het te doen lijken of hij dronken was, hebben ze die arme man met wijn overgoten toen hij al dood was?'

'Wat denkt u zelf?'

'Tja, terwijl jij met Spitaleri onderweg was, heb ik opzichter Dipasquale hier laten komen en verhoord. Volgens mij is de Noord-Afrikaan van een onbeveiligde steiger gevallen zonder dat iemand van zijn collega's het heeft gemerkt. Misschien was hij wel in zijn eentje op die plek aan het werk. De bewaker van de bouwlocatie, Filiberto Attanasio, merkt het pas als iedereen al naar huis is. Hij belt onmiddellijk Dipasquale, die op zijn beurt weer contact opneemt met Spitaleri. Wat is er? Luister je wel?'

Fazio zat na te denken.

'Hoe zei u dat de bewaker heette?'

'Filiberto Attanasio.'

'Mag ik heel even?'

Hij stond op, ging de kamer uit en kwam vijf minuten later met een dossier terug.

'Die naam deed een belletje rinkelen.'

Hij gaf het dossier aan Montalbano. Filiberto Attanasio was verscheidene keren veroordeeld voor diefstal, ernstige geweldpleging, poging tot moord en beroving. De foto toonde een man van rond de vijftig met een buitengewoon grote neus en een kaal hoofd. Hij stond geclassificeerd als gewoontemisdadiger.

'Goed om te weten,' luidde het commentaar van de commissaris. En hij ging verder: 'Gewaarschuwd door de bewaker haasten Spitaleri en Dipasquale zich zaterdagavond nog naar de bouwlocatie, zien wat er aan de hand is en besluiten zich in te dekken door zondagochtend vroeg de valbeveiliging, die inderdaad niet was aangebracht, alsnog op de steiger te monteren. Ze gieten wijn over het lijk en gaan naar bed. De volgende ochtend maken ze, met de hulp van de bewaker, de steigers in orde.'

'En commissaris Lozupone slikt het.'

'Geloof jij dat? Ken je Lozupone?'

'Nee, ik weet alleen wie het is.'

'Nou, ik ken hem al een hele poos. En hij is geen...'

De telefoon gaat.

'Chef? Aan de telefoon hangt officier van justitie Tommaseo, die hoogstpersoonlijk met uzelf in eigen persoon wil spreken.'

'Verbind hem maar door.'

'Montalbano? Tommaseo.'

'Tommaseo? Montalbano.'

De officier van justitie raakte in de war.

'Eh... Ik wilde u zeggen dat... eh, o ja, ik heb de foto op de aangifte gezien. Wat een prachtige meid!'

'Ja.'

'Verkracht en de keel afgesneden!'

'Heeft dokter Pasquano u verteld dat ze verkracht is?'

'Nee, hij zei alleen dat haar keel is afgesneden, maar mijn intuïtie vertelt me dat ze verkracht is.'

De hersens van de officier van justitie draaiden natuurlijk op volle toeren om zich de gewelddadige scène tot in het kleinste detail voor te stellen.

Op dat moment kreeg Montalbano een geniale inval die hem en Fazio misschien wel de taak kon besparen het tragische nieuws aan de familie van het meisje te moeten overbrengen.

'Weet u? Het schijnt dat het vermoorde meisje een tweelingzus heeft die nog mooier is dan het slachtoffer zelf. Dat is me tenminste verteld.'

'Nog mooier?'

'Het schijnt van wel.'

'En die tweelingzus zou nu dus tweeëntwintig zijn.'

'Dat klopt.'

Fazio stond hem met open mond aan te kijken. Wat voor onzin stond de commissaris uit te kramen?

Er viel een pauze. De officier van justitie zat vast en zeker naar de foto op de aangifte te staren en zich de vingers af te likken bij het idee haar tweelingzus te ontmoeten.

'Weet u wat ik denk, Montalbano? Misschien is het beter als ik het nieuws persoonlijk aan de familie overbreng. Gezien de leeftijd van het slachtoffer en het uitzonderlijk gewelddadige karakter van het misdrijf...'

'U heeft volkomen gelijk. Wat een mensenkennis heeft u toch! Dus u stelt de familie op de hoogte?'

'Ja, dat lijkt me het beste.'

Ze zeiden gedag en hingen op. Fazio, die het spel van de commissaris inmiddels doorhad, begon te lachen.

'Zodra die man over vrouwen hoort praten...'

'Laat hem maar. Hij spoedt zich naar huize Morreale in de hoop een tweelingzus te ontmoeten die helemaal niet bestaat. Waar hadden we het over?'

'U had het over Lozupone.'

'O ja. Lozupone is een ervaren, intelligente man die weet hoe het er in de wereld aan toegaat.'

'Wat betekent dat?'

'Dat Lozupone waarschijnlijk hetzelfde heeft bedacht als wij, namelijk dat de valbeveiliging pas na het ongeluk is aangebracht, maar dat hij er geen werk van heeft gemaakt.'

'Waarom niet?'

'Misschien is hij door iemand op het hoofdbureau van politie of in het paleis van zogenaamde justitie geadviseerd om Dipasquale en Spitaleri te geloven. Het zal alleen lastig worden te achterhalen door wie...'

'Nou, daar valt best iets over te zeggen, dunkt me,' zei Fazio.

'O ja?'

'U zegt dat u Lozupone kent, maar weet u wel met wie hij getrouwd is?'

'Nee.'

'Met de dochter van Lattes.'

'Aha.'

Dat was nog eens interessante informatie.

Lattes, hoofd van het Bureau Korpsleiding, bijgenaamd 'de Slijmjurk' vanwege zijn zalvende manieren, was een man van kerk en gebed, die geen woord zei zonder dat eerst met vaseline te hebben ingesmeerd en voortdurend, te pas en te onpas, zijn dank betuigde aan de Heilige Maagd.

'Weet u door wie Spitaleri's zwager politiek wordt gesteund?'

'De burgemeester is van dezelfde partij als de voorzitter van de provincie, die tussen twee haakjes van dezelfde partij is als Lattes, en de keurvorst is van parlementslid Catapano. Dat zegt wel genoeg.'

Gerardo Catapano was in staat geweest de maffiafamilies van Vigàta, de Cuffaro's en de Sinagra's, eronder te houden.

Montalbano werd er moedeloos van. Veranderden dingen dan nooit? Hoe je 't ook wendde of keerde, het kwam altijd neer op bloedbanden of samenzweringen tussen maffia en politiek, tussen maffia en zakenwereld, tussen politiek en bankwezen, tussen witwassers en woekeraars...

Wat een afgrijselijk ballet! Wat een eeuwigdurend patroon van corruptie, bedrog, oplichting, wangedrag en vuile zaken! Hij stelde zich een mogelijke dialoog voor:

'Pas op wat je doet, want X, een mannetje van parlementslid Y, en de schoonzoon van Z, die weer een mannetje is van maffioso A, heeft uitstekend contact met parlementslid B.'

'Maar is parlementslid B dan niet van de oppositie?'

'Jawel, maar dat zijn twee handen op één buik.'

Hoe zei Dante het ook alweer?

Geknecht Italië, o haard van lijden,
Schip zonder stuurman

Nu het noodweer woedt,
U hebt geen volk, maar een bordeel te leiden!

Italië was nog steeds knecht, en van ten minste twee bazen, te weten Amerika en de kerk, en het noodweer was een dagelijkse kwestie geworden dankzij een stuurman die je maar beter kwijt kon zijn, dan rijk. Zeker, de bevolking was sinds Dante met vele miljoenen gegroeid, maar de groei van de onderwereld was exponentieel.

'Dus, de zes bouwvakkers...' nam Fazio de draad weer op.

'Wacht even. Heb je vanavond wat te doen?'

'Nee, chef.'

'Zou je met mij naar Montelusa willen gaan?'

'Wat gaan we daar doen?'

'Een praatje maken met Filiberto, de bewaker. Ik weet waar de bouwlocatie is, dat heeft Dipasquale me verteld.'

'Het lijkt wel alsof u Spitaleri coûte que coûte schade wilt berokkenen.'

'Goed geraden.'

'Natuurlijk ga ik mee.'

'Nou, ga je me nog over die bouwvakkers vertellen of niet?'

Fazio keek hem verongelijkt aan.

'Dat probeer ik al een uur, chef.'

Hij vouwde het vel papier open.

'De namen van de zes bouwvakkers zijn: Antonio Dalli Cardillo, Ermete Smecca, Ignazio Butera, Antonio Passalacqua, Stefano Fiorillo en Gaspare Micciché. Dalli Cardillo en Micciché zijn degenen die tot op de laatste dag hebben gewerkt om de illegale verdieping aan het zicht te onttrekken.'

'Als ik je iets vraag, geef je me dan eerlijk antwoord?'

'Ik zal het proberen.'

'Heb je de volledige persoonsgegevens verzameld van alle zes bouwvakkers?'

Fazio bloosde. Hij kon geen weerstand bieden aan zijn obsessie voor het bevolkingsregister, zoals de commissaris het noemde.

'Ja, chef, maar die lees ik u niet voor.'

'Dat zou je niet durven. Heb je geïnformeerd waar ze nu werken?'

'Natuurlijk. Ze werken op het moment op de vier bouwlocaties van de aannemer.'

'Vier?'

'Ja, chef. En over vijf dagen opent hij er nog een. Met al zijn contacten, zowel in de politiek als in de maffia, heeft Spitaleri geen gebrek aan werk. Hij heeft me trouwens verteld dat hij altijd het liefst met dezelfde bouwvakkers werkt.'

'Op een enkele Noord-Afrikaan na, waar hij zich zonder veel gewetenswroeging van kan ontdoen. Werken Dalli Cardillo en Micciché op de bouwlocatie in Montelusa?'

'Nee, chef.'

'Dat is maar goed ook. Laat hen morgenochtend hier komen, de een om tien uur en de ander om twaalf uur, want vanavond maken we het misschien laat. Laat je geen smoesjes verkopen. Mocht het nodig zijn, dan bedreig je ze maar.'

'Ik ga er meteen op af.'

'Goed zo. Ik ga naar huis. We zien elkaar hier weer om middernacht en gaan dan naar Montelusa.'

'Afgesproken. Moet ik mijn uniform aantrekken?'

'In geen geval. Hoe fouter hij denkt dat we zijn, des te beter het is.'

Op de veranda in Marinella leek het een beetje fris, maar dat moet een suggestie van frisheid geweest zijn, want de zee noch de lucht was in beweging.

Adelina had *pappanozza* voor hem klaargemaakt. Goed

gaar gekookte uien en aardappelen, fijngedrukt met een vork en aangemaakt met olijfolie, een druppeltje azijn, zout en zwarte peper uit de molen. Hij wilde niet te zwaar tafelen, dus meer dan dat at hij niet.

Na het eten las hij een goede politieroman van twee Zweedse auteurs, een echtpaar, waarin geen bladzijde voorbijging zonder een felle, beargumenteerde aanval op de sociaaldemocratie en de regering.

In zijn gedachten droeg Montalbano het boek op aan alle mensen die hun neus ophaalden voor detectives, omdat die volgens hen geen serieus tijdverdrijf waren.

Om elf uur deed hij de televisie aan. Over de duivel gesproken: 'Televigàta' liet zien hoe parlementslid Gerardo Catapano het nieuwe gemeenteasiel van Montelusa opende.

Hij zette de tv uit, friste zich op en ging de deur uit.

Om kwart voor twaalf stapte hij het politiebureau binnen. Fazio was er al. Allebei droegen ze een dun jasje over een hemd met korte mouwen. Ze moesten lachen omdat ze hetzelfde hadden gedacht: in die hitte zouden ze met een jasje aan gegarandeerd opvallen, want dat droeg je in 99 procent van de gevallen om er een revolver onder te verbergen.

Ze waren dan ook allebei gewapend.

'Gaan we met uw auto of de mijne?'

'Met de jouwe.'

Ze deden er krap een halfuur over om bij de bouwlocatie te komen, die achter in Montelusa lag, in de buurt van het oude station.

Ze parkeerden de auto en stapten uit. Om de bouwplaats heen stond een houten afrastering van bijna twee meter hoog met een groot, gesloten hek.

'Weet u nog wat hier vroeger stond?' vroeg Fazio.

'Nee.'

'Palazzina Linares.'

Montalbano wist het weer. Een juweeltje uit de tweede helft van de negentiende eeuw waarvoor de rijke zwavelhandelaar Linares de beroemde architect Basile had ingeschakeld, die ook het Teatro Massimo in Palermo had ontworpen. Later was de familie Linares aan lager wal geraakt en het *palazzina* in verval. In plaats van restauratie was besloten tot sloop en de bouw van een acht verdiepingen hoge flat. O, de barbaarsheid van het ministerie van Cultuur!

Ze liepen naar het houten hek en keken tussen de planken door, maar zagen geen licht branden.

Fazio duwde er voorzichtig tegenaan.

'Hij zit vanbinnen met een grendel dicht.'

'Kun je eroverheen klimmen en hem openmaken?'

'Ja, chef, maar niet hier, want er kunnen auto's langsrijden. Ik ga wel achterom en klim daar over de omheining. Wacht u hier op me.'

'Voorzichtig, misschien loopt er een hond rond.'

'Ik denk het niet, dan was die al wel gaan blaffen.'

De commissaris had precies genoeg tijd om een sigaret te roken voor het hek net ver genoeg openging om erdoorheen te kunnen glippen.

9

Op het stikdonkere bouwterrein zagen ze een keet staan.

'Ik ga even de zaklamp halen,' zei Fazio.

Toen hij terugkwam, sloot hij het hek weer met de grendel af. Voorzichtig liepen ze naar de keet toe en zagen dat de deur halfopen stond. Kennelijk hield Filiberto het in die hitte niet uit met de deur dicht. Ze hoorden hem flink snurken.

'We moeten hem geen tijd gunnen om na te denken,' fluisterde Montalbano. 'We maken geen licht, alleen de zaklamp laten we aan. Hij moet in zijn broek schijten van angst.'

'Geen probleem,' zei Fazio.

Op hun tenen gingen ze de keet in. Binnen stonk het naar zweet en wijn. De lucht alleen al maakte hen dronken. Filiberto lag in zijn onderbroek op een veldbed. Het was inderdaad dezelfde man als op de dossierfoto. Fazio scheen met de zaklamp in het rond. De kleren van de bewaker hingen aan een spijker. Er stonden een tafel, twee stoelen, een teil op een krukje en een jerrycan. Montalbano pakte die op en rook eraan: water. Zachtjes tilde hij de teil op, hield hem met beide handen vast, liep ermee naar het bed en smeet het water in Filiberto's gezicht. Die deed geschrokken zijn ogen open, en meteen weer dicht, verblind door het licht van Fazio's zaklamp. Toen hij ze weer opende, hield hij ter bescherming zijn hand voor zijn ogen.

'Wat...?! Hoe...?!'

'Kiekeboe,' zei Montalbano. 'Verroer je niet.'

Hij liet zijn pistool zien. Instinctief stak Filiberto zijn handen in de lucht.

'Heb je een mobiele telefoon?'

'Ja.'

'Waar?'

'In mijn jasje.'

Die hing aan de spijker. De commissaris pakte het mobieltje eruit, liet het op de grond vallen en trapte het kapot.

'Wie zijn jullie?' vroeg Filiberto geschrokken.

'Goed volk, Filibè. Sta op.'

Filiberto stond op.

'Draai je om.'

Bevend draaide Filiberto zich om.

'Wat willen jullie? Spitaleri betaalt altijd protectiegeld!'

'Ssst!' beval Montalbano. 'Sla een kruis.'

En hij haalde de veiligheidspal over.

Bij het horen van dat klikkende geluid werden Filiberto's benen zo slap als ricotta en viel hij op zijn knieën.

'Ik heb niets gedaan! Alsjeblieft! Waarom gaan jullie me vermoorden?' jammerde hij.

Fazio gaf hem een trap tegen zijn rug, zodat hij naar voren viel. Montalbano zette de loop van het pistool in zijn nek.

'Luister,' begon hij.

En hij zweeg.

'Hij is dood of flauwgevallen.'

Hij bukte zich om Filiberto's hals te voelen.

'Flauwgevallen. Zet hem op een stoel.'

Fazio gaf de zaklamp aan de commissaris, pakte de bewaker onder zijn oksels beet en tilde hem op een stoel. Hij moest hem blijven vasthouden, anders gleed de man opzij. Uit angst had hij in zijn onderbroek geplast, die was helemaal nat geworden. Montalbano gaf hem een harde klap in zijn gezicht. De bewaker knipperde verdwaasd met zijn ogen, en begon onmiddellijk weer te jammeren.

'Maak me alsjeblieft niet dood!'

'Als je antwoord geeft op mijn vragen, laat ik je leven,' zei Montalbano terwijl hij het pistool tegen Filiberto's gezicht hield.

'Ik zal antwoord geven!'

'Zat er valbeveiliging op de steiger toen de Noord-Afrikaan naar beneden viel?'

'Welke Noord-Afrikaan?'

Montalbano zette de loop midden op zijn voorhoofd.

'De Noord-Afrikaanse bouwvakker die is verongelukt...'

'O die! Nee, er zat toen geen valbeveiliging op.'

'Hebben jullie die zondagochtend pas aangebracht?'

'Ja.'

'Jij, Spitaleri en Dipasquale?'

'Ja.'

'Wie kwam op het idee om wijn over het lijk te gooien?'

'Spitaleri.'

'Lag het materiaal van de valbeveiliging al op de bouwplaats? Denk goed na voor je antwoord geeft.'

Die vraag was cruciaal voor Montalbano. Alles hing af van het antwoord dat Filiberto zou geven.

'Nee. Spitaleri heeft het materiaal besteld en ze hebben het zondagochtend om zeven uur gebracht.'

Een beter antwoord had de commissaris niet kunnen krijgen.

'Waar heeft hij het besteld?'

'Bij Ribaudo.'

'Heb jij de bon getekend?'

'Ja.'

Montalbano was tevreden. Niet alleen had hij het goed geraden, hij had ook precies de informatie gekregen die hij nodig had.

Nu moest hij nog een beetje meer toneel spelen, ten behoeve van aannemer Spitaleri.

'Waarom hebben jullie het niet bij de firma Milluso besteld?'

'Hoe moet ik dat weten?'

'Dat hebben we anders duidelijk tegen Spitaleri gezegd. Maar nee, hoor, hij hangt de slimmerik uit. Hij wil het gewoon niet snappen. Daarom maken wij jou nu af. Om een voorbeeld te stellen.'

Uit pure wanhoop sprong Filiberto op. Tijd voor meer had hij niet. Fazio gaf hem van achteren een stomp in zijn nek.

De bewaker viel neer en bleef beweginglоos liggen.

Ze holden naar buiten, glipten het hek weer door en stapten in de auto. Terwijl Fazio de motor startte, zei Montalbano: 'Zie je dat je met vriendelijkheid altijd alles gedaan krijgt?'

Op de terugweg naar Vigàta zei Fazio: 'Het was net een Amerikaanse film!'

De commissaris zei niets terug, daarom vroeg hij: 'Hoeveel misdaden zouden we wel niet gepleegd hebben?'

'Daar kunnen we maar beter niet aan denken.'

'Bent u niet tevreden met de antwoorden van Filiberto?'

'O ja, zeker wel.'

'Wat is er dan?'

'Ik houd niet van de manier waarop we het hebben aangepakt.'

'Ik weet zeker dat hij ons niet heeft herkend.'

'Ik zeg niet dat we er verkeerd aan hebben gedaan, Fazio, ik zeg dat ik er niet van houd.'

'Van hoe we Filiberto hebben behandeld?'

'Ja.'

'Maar, chef, hij is een crimineel!'

'En wij niet zeker.'

'Als we hem niet zo hadden behandeld, had hij niet gepraat.'

'Dat is nog geen goede reden.'

Fazio viel uit.

'Wat wilt u dan, teruggaan om excuses aan te bieden?'

Montalbano gaf geen antwoord. Even later zei Fazio: 'Het spijt me.'

'Dat hoeft niet.'

'Denkt u dat Spitaleri gelooft dat we door de firma Milluso zijn gestuurd?'

'Het zal een paar dagen duren voor hij doorheeft dat de firma Milluso er niets mee te maken heeft, maar aan die voorsprong heb ik genoeg.'

'Er is wel iets wat ik raar vind,' zei Fazio.

'Wat?'

'Waarom heeft Spitaleri de valbeveiliging bij de firma Ribaudo besteld en het niet uit een van zijn eigen bouwplaatsen laten komen?'

'Dan zou hij er nog meer mensen bij hebben moeten betrekken. Hoe minder mensen ervan wisten, hoe beter, zal Spitaleri wel gedacht hebben. Kennelijk is de firma Ribaudo te vertrouwen.'

Die nacht besloot Montalbano's geweten hem, in tegenstelling tot wat hij verwacht had, rust te gunnen. Na vijf uur slaap werd de commissaris wakker alsof hij er tien had geslapen, en de strak blauwe lucht bezorgde hem ook nog eens een goed humeur. Zo vroeg in de ochtend was het echter al snikheet.

Zodra hij op het bureau kwam, belde hij Alberto Laganà, een inspecteur van de fiscale recherche die hem al vaak had geholpen.

'Commissaris! Wat een verrassing! Wat kan ik voor u doen?'

'Kent u de firma Ribaudo uit Vigàta, die in bouwmaterialen doet?'

Laganà moest lachen.

'En of we die kennen! Levering van materiaal zonder factuur, ontduiking van de btw, geknoei met de kasboeken... We zijn van plan over een paar dagen onze kennismaking te hernieuwen.'

Wat een mazzel.

'Wanneer precies?'

'Over drie dagen.'

'Zou het niet morgen al kunnen?'

'Morgen is het Maria-Hemelvaart! Wat is eigenlijk uw belang erbij?'

Montalbano legde het uit, en vertelde ook wat hij graag zou willen.

'Met een beetje geluk lukt het overmorgen,' besloot Laganà.

'Chef? Er staat hier iemand die van naam Dalli Cardillo heet en die zegt dat u hem voor vanochtend tien uur heeft besteld.'

'Heb jij daar de aangifte van het vermoorde meisje?'

'Ja, chef.'

'Kom die even brengen. Dan vraag je of Fazio hier komt en pas daarna laat je die man binnen.'

Natuurlijk liet Catarella eerst Dalli Cardillo binnen, ging toen de aangifte halen, die Montalbano met de geprinte kant naar beneden op zijn bureau neerlegde, en riep daarna pas Fazio.

Dalli Cardillo was een gedrongen vijftiger, met kortgeknipt haar zonder een spoortje grijs, een donkere huid en een snor zoals die in de negentiende eeuw in Turkije werd gedragen. Hij was zenuwachtig en dat was hem aan te zien.

Wie zou niet zenuwachtig zijn als hij op het politiebureau werd ontboden zonder te weten waarom? Wacht eens even. Zonder te weten waarom? Kon het zijn dat Spitaleri hem nog niet had verteld hoe hij zich moest opstellen?

'Signor Dalli Cardillo, heeft aannemer Spitaleri u geïnformeerd over de reden voor dit verhoor?'

'Nee, commissaris.'

Hij leek Montalbano oprecht.

'Kunt u zich herinneren zes jaar geleden voor Spitaleri te hebben gewerkt aan de bouw van een kleine villa in Pizzo in Montereale Marina?'

Bij het horen van die vraag was de bouwvakker zo opgelucht dat hij een glimlach niet kon onderdrukken.

'Hebben jullie de illegale verdieping ontdekt?'

'Ja.'

'Ik heb gewoon gedaan wat de aannemer zei dat ik moest doen.'

'Ik beschuldig u ook nergens van. Ik wil alleen maar wat informatie.'

'Als het hierover gaat, sta ik volledig tot uw dienst.'

'Heeft u samen met uw collega Gaspare Micciche de grond rondom de benedenverdieping met zand opgehoogd?'

'Ja, commissaris.'

'Hebben jullie steeds samen gewerkt?'

'Nee, commissaris. Die dag ben ik om twaalf uur 's middags gestopt en is Micciche alleen verdergegaan.'

'Waarom bent u eerder gestopt?'

'Omdat Spitaleri dat had gezegd.'

'Was die toen niet al vertrokken?'

'Jawel, maar dat had hij de dag voor zijn vertrek al gezegd.'

'Hoe gingen jullie de benedenverdieping in en uit?'

'We hadden van houten planken een doorgang gemaakt,

een soort overdekte, schuine loopbrug zoals stoomboten die hebben. Hij was van boven al half bedekt door het zand. Hij liep naar een raam naast de kleine badkamer.'

Het raam waar Bruno was in gerold.

'Hoe hoog was die doorgang?'

'Laag. Ongeveer tachtig centimeter. Je moest er gebukt in.'

'En waartoe diende de doorgang?'

'Spitaleri wilde dat de opzichter kon controleren of de druk van het zand schade aan het appartement toebracht, lekkage of zo.'

'Was Dipasquale de opzichter?'

'Ja, commissaris.'

'En is hij komen controleren?'

'Ja, aan het einde van de eerste dag. Hij zei dat we ermee konden doorgaan, want alles was in orde.'

'Is hij de laatste dag ook nog geweest?' vroeg Fazio.

'In de ochtend niet, toen ik er was. Misschien na de lunch, maar dat zou u aan Micciché moeten vragen.'

'U heeft me nog niet verteld waarom u die dag eerder wegging.'

'Omdat er nog maar weinig te doen was. Het raam afplakken met folie, de doorgang weghalen en het zand aanstampen.'

'Heeft u gezien of er een kist in de woonkamer stond?'

'Ja, commissaris, die had de eigenaar, ik weet even niet meer hoe hij heet, door mij en een collega van me daar laten neerzetten.'

'Was hij leeg?'

'Ja, commissaris.'

'Goed, dank u wel, u kunt gaan.'

Dalli Cardillo kon zijn oren niet geloven.

'Tot ziens allemaal!'

En weg was hij.

'Weet je waarom Spitaleri hem niet heeft gewaarschuwd en geïnstrueerd?' vroeg Montalbano.

'Nee, chef.'

'Omdat de aannemer een sluwe man is. Hij weet dat Dalli Cardillo niets van de moord weet. Daarom leek het hem beter als hij hier zou verschijnen zonder dat hij iets te verbergen had.'

Gaspare Micciché was een roodharige veertiger van ongeveer één meter veertig met heel lange armen en kromme benen. Hij leek op een aap. Als Darwin hem had kunnen ontmoeten, zou hij hem van blijdschap hebben omhelsd. Micciché had vrijwel rechtop in de ondergrondse gang kunnen staan. Ook hij was een beetje zenuwachtig.

'Hierdoor verlies ik een hele ochtend werk!'

'Signor Micciché, heeft u enig idee waarom we u hebben laten komen?'

'Niet alleen een idee, ik weet het gewoon. Voordat ik hierheen kwam heeft Spitaleri me verteld dat het gaat om die onzin van dat illegale appartement.'

'Is dat alles wat de aannemer u heeft verteld?'

'Is er dan nog meer?'

'Vertelt u eens, hoe laat was u op 12 oktober, de laatste werkdag in Pizzo, klaar met werken?'

'Dat was niet de laatste werkdag. Ik ben de volgende dag nog teruggegaan.'

'Waarom?'

'Om te doen wat ik de vorige middag niet had gedaan.'

'Wat bedoelt u precies?'

'Ik wilde die middag net weer aan het werk gaan, toen Dipasquale langskwam, de opzichter, en zei dat ik de doorgang nog niet mocht weghalen.'

'Waarom niet?'

'Hij zei dat we beter nog een dag konden wachten om te zien of het zou gaan lekken. En hij zei ook dat de eigenaar die middag nog wilde langskomen om het zelf te controleren.'

'Wat heeft u toen gedaan?'

'Wat had ik moeten doen? Ik ben weggegaan.'

'Gaat u verder.'

'Die avond, na negenen, belde Dipasquale om te zeggen dat ik de volgende ochtend de doorgang kon dichtmaken. Dus toen heb ik de ramen met folie afgedekt en de doorgang gesloten. Ik was net begonnen het zand aan te stampen toen de jongens kwamen.'

'Welke jongens?'

'Die de bouwplaats moesten opbreken. Toen heb ik nog twee rondjes om de villa gemaakt met de stamper en...'

'Wat is een stamper?' vroeg Fazio.

'Zo'n machine die door stratenmakers gebruikt wordt.'

'Een wals?'

'Ja, zoiets, maar dan kleiner. Toen ik klaar was, ben ik naar huis gegaan.'

'Met de stamper?'

'Nee, commissaris, die moesten de jongens meenemen in de vrachtwagen.'

'Kunt u zich herinneren of u de ochtend van 13 oktober gelegenheid heeft gehad het appartement in te gaan?'

'Nee, commissaris, ik ben niet naar binnen gegaan, want daar had ik geen enkele reden toe. Dat heeft Spitaleri me trouwens ook gevraagd.'

Als hij wel naar binnen was gegaan, had hij in ieder geval de plas bloed in de woonkamer zien liggen. Hij leek echter de waarheid te spreken.

'Heeft u gezien dat er een kist stond?'

'Ja, commissaris. Die was daar neergezet voor...'

'...ja, voor signor Speciale. Heeft u hem opengemaakt?'

'De kist? Nee. Ik wist dat hij leeg was. Waarom zou ik hem hebben moeten openmaken?'

Zonder daar antwoord op te geven, pakte Montalbano de aangifte, draaide die om en reikte hem aan.

Micciché keek naar de foto van het vermoorde meisje, las het bericht van de vermissing en gaf de aangifte terug aan de commissaris. Hij was oprecht onthutst.

'Wat heeft zij ermee te maken?'

Fazio beantwoordde zijn vraag.

'Als u de kist wel had opengemaakt, had u haar gevonden. Ingepakt en met doorgesneden keel.'

De reactie van Micciché kwam onverwacht.

Hij schoot overeind met paars aangelopen gezicht, gebalde vuisten en ontblote tanden. Als een wild dier. Montalbano was even bang dat hij op zijn bureau zou springen.

'Vuile klootzak!'

'Wie?'

'Spitaleri! Hij wist ervan en heeft niets gezegd! Uit de manier waarop hij tegen me sprak, had ik kunnen weten dat hij me erin wilde luizen!'

'Ga zitten en kalmeer. Wat bedoelt u?'

'Hij wil jullie doen geloven dat ik dat meisje heb vermoord! Toen ik uit Pizzo wegging, bleef Dipasquale daar achter! Ik weet nergens van!'

'Heeft u dit meisje wel eens in de buurt van de bouwlocatie gezien?'

'Nee, nooit!'

'Toen u de middag van de twaalfde oktober stopte met werken, wat ging u toen doen?'

'Hoe kan ik dat nou weten?! Dat is zes jaar geleden!'

'Probeert u het zich te herinneren, signor Micciché. Voor uw eigen bestwil,' zei Fazio.

Micciché kreeg opnieuw een woedeaanval. Hij sprong op en voor Fazio hem kon tegenhouden, nam hij een aanloop en ramde met zijn hoofd tegen de dichte deur van het kantoor. Terwijl Fazio hem dwong weer op de stoel te gaan zitten, ging de deur open en keek een verbaasde Catarella om de hoek.

'Riep u, chef?'

10

Om het losgebarsten beest te kalmeren, moesten Montalbano en Fazio met handboeien zwaaien en hem om de beurt vermanend en geruststellend toespreken. Daarna zat Micciché vijf minuten met zijn hoofd in zijn handen, in een geconcentreerde poging zich iets te herinneren. Toen mompelde hij: 'Wacht eens even...'

'Door de klap heeft hij zijn geheugen teruggekregen,' zei de commissaris zachtjes tegen Fazio.

'Wacht eens even. Ik geloof dat het op dezelfde dag was als... Ja, ja.'

Opnieuw sprong hij op, maar dit keer hadden Montalbano en Fazio hem razendsnel te pakken en hielden ze hem in bedwang. Inmiddels hadden ze de techniek onder de knie.

'Ik wil alleen maar mijn vrouw bellen!'

'Als dat alles is,' zei de commissaris.

Fazio reikte hem het telefoontoestel aan. Micciché draaide een nummer, maar was zo opgefokt dat hij zich vergiste en een delicatessenzaak aan de lijn kreeg. Hij draaide opnieuw, maar vergiste zich weer.

'Ik draai het nummer wel voor u,' zei Fazio.

Met de hoorn in zijn hand zei Micciché het nummer.

'Carmelina? Met mij. Is het nu zes jaar geleden dat onze Michilino zijn been brak? Weet jij dat nog? Vraag me niet waarom, en antwoord gewoon met ja of nee. Nou, weet je het nog? Ben je er niet zeker van of het zes jaar geleden was? Denk goed na. Was het zes jaar geleden? Ja? En was het niet op 12 oktober? Ja, hè?'

Hij legde de hoorn neer.

'Nu herinner ik me alles weer. Ik was die dag vroeg thuis en ging even op bed liggen. Carmelina maakte me huilend wakker. Michilino was gevallen met de fiets en had zijn been gebroken. Ik heb hem naar het ziekenhuis van Montelusa gebracht, en mijn vrouw ging mee. We zijn daar tot 's avonds gebleven. Dat kunnen jullie navragen.'

'Dat zullen we doen,' zei Fazio.

Montalbano en hij keken elkaar even aan.

'U kunt gaan,' zei de commissaris.

'Dank u. Ik ga Spitaleri op zijn bek rammen, al raak ik daardoor mijn werk kwijt!'

En hij liep verbeten de kamer uit.

'Hij lijkt wel uit de dierentuin ontsnapt,' merkte Fazio op.

'Waarom heeft de aannemer hem volgens jou niet over de moord verteld?' vroeg de commissaris.

'Spitaleri was zelf weg, en kan dus niet weten dat Micciches zoon zijn been had gebroken. Hij zal wel gedacht hebben dat hij geen alibi had.'

'Dan had Micciché dus gelijk: Spitaleri wil hem erin luizen. De vraag is: waarom?'

'Misschien omdat hij denkt dat Dipasquale erbij betrokken is. En Spitaleri heeft meer op met Dipasquale, die behoorlijk wat over zijn zaakjes moet weten, dan met een sloeber als Micciché. Wat zal ik doen? Dipasquale weer laten komen?'

'Dat lijkt me duidelijk.'

Voor hij naar buiten liep om zoals gewoonlijk bij Enzo's trattoria te gaan eten, stopte de commissaris bij het hokje van Catarella, die in de houding sprong.

'Op de plaats rust. Hoe is het met de ventilators afgelopen?'

'Die zijn niet meer te krijgen, chef. Zelfs niet in Montelusa. Pas weer over een dag of drie.'

'Lang genoeg om gaar te bakken.'

Catarella begeleidde hem naar de deur en keek hem na.

De hitte die hem uit de auto tegemoetkwam, zodra Montalbano het portier opentrok, ontnam hem de moed in te stappen. Misschien kon hij beter naar Enzo lopen, een wandeling van een kwartier, natuurlijk steeds aan de schaduwkant van de straten. Hij ging op weg.

'Chef! Gaat u lopen?'

'Ja.'

'Wacht dan even.'

Catarella ging het bureau in en kwam weer naar buiten met een groen baseballpetje.

'Zet dit op uw hoofd.'

'Doe even normaal, zeg!'

'Anders krijgt u een zonnesteek!'

'Liever een zonnesteek dan eruit zien alsof ik naar de jaarlijkse bijeenkomst van de Lega Nord in Pontida ga!'

'Waar gaat u heen, chef?'

'Laat maar.'

Hij liep al vijf minuten met zijn blik naar beneden gericht toen hij een stem hoorde: 'Kopen?'

Hij keek op. Het was een Noord-Afrikaan die zonnebrillen, strooien hoedjes en zwembroeken verkocht. Ter hoogte van zijn gezicht hield de man iets wat Montalbano's aandacht trok: een soort ventilatortje in zakformaat dat op batterijen moest werken.

'Zo een,' zei hij terwijl hij het ding aanwees.

'Die is van mijzelf.'

'Heb je er niet meer?'

'Nee.'

'Hoeveel wil je ervoor hebben?'

'Vijftig euro.'

Tja, dat was wel érg veel.

'Dertig.'

'Veertig.'

Montalbano gaf hem veertig euro, nam het ventilatortje over en liep verder met het ding bij zijn gezicht. Hij kon het niet geloven: het gaf echt verkoeling.

Hij wilde iets lichts eten en nam daarom alleen een hoofdgerecht. Dankzij het ventilatortje kon hij zijn gebruikelijke wandeling op de pier maken en een hele poos op de platte rots blijven zitten.

Aan het ventilatortje zat ook een klemmetje, waarmee de commissaris het aan de rand van zijn bureau kon bevestigen. De hitte in zijn kantoor werd er een klein beetje door verlicht.

'Catarella!'

'Kijk toch eens wat een genie!' merkte Catarella bewonderend op toen hij het ventilatortje zag.

'Is Fazio er?'

'Ja, chef.'

'Vraag of hij hier komt.'

Ook Fazio complimenteerde hem met het apparaatje.

'Hoeveel heeft u ervoor betaald?'

'Tien euro.'

Hij schaamde zich toe te geven dat hij er veertig voor had betaald.

'Waar heeft u het gekocht? Misschien neem ik er ook een.'

'Bij een Noord-Afrikaan op straat. Hij had er helaas maar één.'

De telefoon ging.

Het was dokter Pasquano. De commissaris zette de luidspreker aan zodat Fazio kon meeluisteren.

'Gaat het wel goed met u, Montalbano?'

'Ja, hoor, hoezo?'

'Ik maakte me zorgen omdat u me vanochtend nog niet aan mijn kop hebt gezeurd.'

'Heeft u de autopsie gedaan?'

'Waarom zou ik anders bellen? Om uw melodieuze stem te horen?'

Hij had vast iets belangrijks ontdekt, als hij zelf belde.

'Wat heeft u me te vertellen?'

'Ten eerste, wat het meisje gegeten had, was al wel verteerd, maar had nog niet als ontlasting het lichaam verlaten. Dus moet ze rond zes uur 's avonds óf rond elf uur 's avonds zijn vermoord.'

'Ik denk rond zes uur.'

'Wat u wilt...'

'Is er nog meer?'

De dokter aarzelde.

'Ik heb me vergist.'

'Waarin?'

'Het meisje was toch nog maagd. Zonder twijfel.'

Montalbano en Fazio keken elkaar verbaasd aan.

'Wat betekent dat?' vroeg de commissaris.

'Weet u dat niet? Nou, meisjes die nog nooit hebben...'

'U weet heel goed wat ik bedoel, dokter.'

Montalbano had geen zin in grapjes.

'Als het meisje nog maagd was toen ze stierf, was er dus een ander motief voor de moord.'

'U bent olympisch kampioen, weet u dat?'

Montalbano verstomde.

'Verklaar u nader.'

'Een kampioen op de honderd meter.'

'Hoezo?'

'U gaat te hard, mijn beste man. Veel te hard. Het is niets voor u om meteen conclusies te trekken. Wat is er met u aan de hand?'

Ik ben oud aan het worden – dacht de commissaris bitter – en ik wil een onderzoek dat me zwaar valt snel afronden.

'Dus,' ging Pasquano verder, 'ik bevestig dat het meisje op het moment dat ze werd vermoord in de houding stond die ik u eerder heb beschreven.'

'Waarom heeft de moordenaar haar zonder kleren in die houding gezet, als hij het niet met haar wilde doen?'

'We hebben geen kleding gevonden en weten dus niet of de moordenaar haar van tevoren heeft gedwongen zich uit te kleden, of dat hij dat later zelf heeft gedaan. Hoe dan ook, die kleren zijn irrelevant, Montalbano.'

'Vindt u?'

'Natuurlijk! Net zoals het irrelevant is dat hij het lichaam heeft ingepakt en in de kist heeft gelegd.'

'Heeft hij dat dan niet gedaan om het te verstoppen?'

'Montalbano! U bent echt niet in vorm, hè?'

'Misschien is het de leeftijd, dokter.'

'Kom nou! De moordenaar heeft het lijk in de kist gestopt en twee meter verderop een plas bloed zo groot als een vijver laten liggen!'

'Waarom dan?'

'En dat vraagt u aan mij? Na al die moorden die u heeft onderzocht? Om het voor zichzelf te verbergen natuurlijk, mijn beste, niet voor ons! Als een soort concrete instantverwijdering.'

Pasquano had gelijk.

Hoeveel moordenaars bedekten het gezicht van hun slachtoffer, vooral als dat een vrouw was, niet met iets willekeurigs, een dweil, een handdoek of een laken?

'U moet uitgaan van het enige wat vaststaat,' ging de dokter verder, 'en dat is de positie waarin het meisje zich bevond toen de moordenaar haar de keel doorsneed. Als u daar even bij stilstaat, dan...'

'Ik begrijp waar u naartoe wilt.'

'Als u het eindelijk heeft begrepen, zegt u het dan.'

'Misschien was de moordenaar op het laatste moment niet meer in staat om haar te verkrachten en heeft hij in een gewelddadige opvlieging het mes getrokken.'

'Dat een vervanging is voor het mannelijk lid, zoals psychoanalytici beweren. Goed zo.'

'Ben ik geslaagd?'

'Er is nog een andere hypothese,' vervolgde Pasquale.

'Welke?'

'Dat de moordenaar haar anaal heeft verkracht.'

'Grote goden,' mompelde Fazio.

'Wat?' vroeg de commissaris. 'U kletst me al een halfuur de oren van het hoofd en u komt pas op het laatste moment met wat u meteen had moeten zeggen?'

'Ik weet het niet 100 procent zeker. Het is te lang geleden. Toch zijn er kleine aanwijzingen waardoor ik zou zeggen van wel. Let op: zou zeggen, voorwaardelijke wijs.'

'En u voelt er niet voor van die voorwaardelijke wijs over te stappen op de aantonende wijs?'

'Eerlijk gezegd niet, nee.'

'Er komt nooit een eind aan slecht nieuws,' zei Fazio bitter, toen de commissaris had opgehangen.

Montalbano bleef in gedachten verzonken zitten.

'Chef, weet u nog dat u zei dat u de moordenaar op zijn bek slaat, als we hem te pakken krijgen?'

'Ja, en dat herhaal ik nog eens.'

'Mag ik meedoen?'

'Leef je uit! Heb je ervoor gezorgd dat Dipasquale komt?'

'Ja, om zes uur vanmiddag, na zijn werk op de bouwplaats.'

Terwijl Fazio het kantoor uit liep, ging de telefoon weer.

'Chef? Aan de telefoon hangt officier van justitie Tommaseo.'

'Verbind hem maar door.'

'Blijf luisteren,' zei de commissaris tegen Fazio en zette de luidspreker weer aan.

'Montalbano?'

'Ja?'

'Ik wilde u laten weten dat ik bij het echtpaar Morreale ben geweest om hen in kennis te stellen van het overlijden van hun dochter.'

Een droeve, bewogen stem.

'Daar heeft u goed aan gedaan.'

'Het was verschrikkelijk, weet u?'

'Dat kan ik me voorstellen.'

Tommaseo wilde hem duidelijk over zijn lijdensweg vertellen.

'De moeder viel flauw. De vader liep verdwaasd door het huis en ook hij kon niet op zijn benen blijven staan.'

Tommaseo wachtte tot Montalbano wat zou zeggen, en die was hem ter wille: 'Arme mensen...'

'Al deze lange jaren zijn ze blijven hopen dat hun dochter nog in leven was. Weet u wat wel eens wordt gezegd? Dat hoop...'

'...als laatste sterft,' vulde Montalbano aan, hem nogmaals ter wille. Inwendig vloekte hij om het clichématige karakter van de opmerking.

'Precies, mijn beste Montalbano.'

'Dus ze zijn nog niet in staat geweest het lichaam te identificeren.'

'Nee, zij niet, maar het is wel gebeurd, hoor. De dode is inderdaad Caterina Morreale!'

Montalbano en Fazio keken elkaar stomverbaasd aan. Waarom klonk Tommaseo's stem ineens als een tsjilpend musje? Het ging toch zeker niet over vrolijke dingen?

'Ik heb Adriana persoonlijk met de auto begeleid,' ging Tommaseo verder.

'Wie is Adriana?'

'Hoezo? Vertelde u me niet zelf over de tweelingzus van het slachtoffer?'

Montalbano en Fazio keken elkaar ongelovig aan. Waar hád de man het over? Wilde hij de commissaris misschien met zijn eigen grap terugbetalen?

'U had gelijk,' vervolgde Tommaseo opgewonden alsof hij de loterij had gewonnen. 'Echt een prachtig meisje.'

Daarom tsjilpte hij zo!

'Ze studeert geneeskunde in Palermo, wist u dat? Bovendien heeft ze een heel sterk karakter, al stortte ze na de identificatie een beetje in en moest ik haar troosten.'

En daar was Tommaseo natuurlijk meer dan bereid toe geweest – met alle middelen die hem ter beschikking stonden!

Ze zeiden gedag en hingen op.

'U wist dus dat ze een tweelingzus had!' zei Fazio.

'Ik zweer je van niet, maar het is goed om te weten. Waarschijnlijk nam het dode meisje haar in vertrouwen. Zou je de familie Morreale willen bellen en vragen of ik morgenochtend rond tienen mag langskomen?'

'Op Maria-Hemelvaart?'

'Waar zouden ze naartoe moeten? Ze zijn in de rouw.'

Fazio liep weg en kwam vijf minuten later terug.

'Ik heb Adriana zelf gesproken. Ze zei dat het misschien beter is niet bij hen thuis te komen, want haar ouders zijn er echt slecht aan toe. Praten lukt hun niet eens. Ze stelde voor dat zij naar het politiebureau komt, morgenochtend op de tijd die u noemde.'

Terwijl hij op Dipasquale wachtte, belde hij makelaarskantoor Aurora.

'Signor Callara? Met Montalbano.'

'Heeft u nieuws, commissaris?'

'Nee, ik niet. U?'

'Ja, ik wel.'

'Ik wed dat u Gudrun Speciale op de hoogte heeft gesteld van de ontdekking van de illegale verdieping.'

'Goed geraden! Zodra ik een beetje van de vreselijke schok was bekomen, heb ik haar gebeld. Waarom moest ik die kist ook zo nodig openmaken?'

'Wat wilt u er nog aan doen, signor Callara? Zo is het nu eenmaal gegaan.'

'Altijd ben ik al nieuwsgierig geweest! Weet u dat ik een keer als kind...'

Daar zat hij nou net op te wachten, op de jeugdherinneringen van Callara.

'U zei dat u Gudrun Speciale heeft gesproken...'

'O ja, maar ik heb haar niet verteld over dat arme vermoorde meisje.'

'Daar heeft u goed aan gedaan. Wat heeft ze besloten?'

'Ze heeft me opdracht gegeven de legalisatie aan te vragen en haar de papieren te sturen ter ondertekening.'

'Dat lijkt me inderdaad het beste.'

'Ja, maar in de fax die ze me stuurde stond ook dat ze me daarna wil machtigen voor de verkoop van het huis. En weet u waar ik aan denk? Om het zelf te kopen. Wat vindt u daarvan?'

'U bent de makelaar, dat moet u beslissen. Goedendag.'

'Wacht even. Er is nog iets. Toen ik haar afraadde de villa te verkopen...'

Als zij dat zou doen, zou Callara immers het percentage van de verhuur kwijtraken.

'...antwoordde zij dat ze er niets meer over wilde horen.'

'Heeft u ook gevraagd waarom?'

'Ja, commissaris, en ze zei dat ze het op zou schrijven. Vanochtend heb ik een fax ontvangen met haar motivatie om te verkopen, die denk ik voor u wel interessant kan zijn.'

'Voor mij?'

'Ja, commissaris. Ze schrijft namelijk dat haar zoon Ralf dood is.'

'Wat?!'

'Ja, het schijnt dat Ralf tijdens de terugreis naar Keulen is overleden. Er zit ook een Duits krantenknipsel met vertaling bij de fax.'

'Wanneer kan ik dat krijgen?'

'Vanavond als ik het kantoor sluit. Ik geef het wel af bij die man die bij de ingang zit.'

Waarom hadden ze er zes jaar over gedaan om het lijk te vinden, of dat wat ervan over was?

11

Toen hij het kantoor van de commissaris binnenstapte, stond het gezicht van Dipasquale grimmiger dan ooit.

'Neemt u plaats.'

'Gaat het lang duren?'

'Zo lang als nodig is, signor Dipasquale. Voordat we het gaan hebben over het huis in Pizzo, zou ik graag van uw aanwezigheid gebruik willen maken om te vragen hoe ik in contact kan komen met de bewaker van de bouwplaats in Montelusa.'

'Nog steeds voor die stomme Noord-Afrikaan? Commissaris Lozupone heeft toch allang...'

Montalbano deed net alsof hij de naam van zijn collega niet had gehoord.

'Vertelt u me waar ik hem kan bereiken en hoe hij heet. Dat heeft u de vorige keer ook gedaan, maar ik ben het vergeten. Fazio, denk erom, dat je het noteert.'

'Onmiddellijk, chef.'

Lang niet slecht, deze improvisatie.

'Ik zal wel tegen de bewaker zeggen dat u hem wilt spreken. Hij heet Filiberto Attanasio.'

'Hoe houden jullie contact met elkaar als de bouwplaats dicht is?'

'Hij heeft een mobieltje.'

'Geeft u mij het nummer.'

'Hij doet het niet meer. Gisteravond is hij kapot gevallen.'

'Goed, zegt u het hem dan inderdaad maar.'

'Dat zal ik doen, maar ik vertel u er meteen bij dat hij pas over een dag of twee zal kunnen komen.'

'Hoe dat zo?'

'Hij heeft een malaria-aanval gekregen.'

Hij moest wel heel erg zijn geschrokken, de bewaker.

'Goed, we doen het als volgt: u zegt tegen hem dat hij het bureau moet bellen zodra hij beter is. Nu wat ons betreft: ik heb u laten komen omdat ik vanochtend twee bouwvakkers heb ondervraagd die aan het huis in Pizzo hebben gewerkt, Dalli Cardillo en Micciché...'

'Bespaart u zich de moeite, commissaris, ik weet precies wat er is gebeurd.'

'Wie heeft u dat verteld?'

'Spitaleri. Micciché is als een gek diens kantoor binnengestormd en heeft hem een bloedneus geslagen. Hij was ervan overtuigd dat Spitaleri hem ergens wilde inluizen. Bij de wilde beesten af, die vent! Nu kan hij gaan bedelen. Een kleine kans dat hij als bouwvakker nog werk vindt.'

'Niet alle bouwlocaties zijn van Spitaleri,' bracht Fazio daartegenin.

'Nee, maar ik of Spitaleri hoeven maar iets te zeggen en...'

'...hij komt nergens meer aan de bak?'

'Precies.'

'Ik neem kennis van hetgeen u zojuist heeft gezegd en zal dienaangaande de nodige conclusies trekken,' zei Montalbano.

'Wat betekent dat?' vroeg Dipasquale verbaasd.

Niet alleen de toon van het dreigement, maar vooral het keurige taalgebruik van de commissaris had hem doen schrikken.

'Dat betekent dat u, in onze aanwezigheid, heeft gezegd ervoor te zullen zorgen dat Micciché werkeloos blijft. Met andere woorden, u heeft een getuige bedreigd.'

'Een getuige? Tuig van de richel, zult u bedoelen!'
'Let op uw woorden!'
'En als ik hem bedreig is dat niet om wat hij hier heeft gezegd, maar omdat hij Spitaleri heeft geslagen!'
Sluw en snel was-ie, meneer de opzichter.
'Laten we niet afdwalen. Spitaleri heeft ons verteld dat de werkzaamheden aan het huis in Pizzo op 12 oktober waren afgelopen, en u heeft dat bevestigd. Van Micciché hebben we vernomen dat het werk pas de ochtend van de volgende dag klaar was.'
'Wat doet dat ertoe?'
'Laat dat maar aan ons over. Spitaleri kon niet weten dat het werk was verlengd, want die was vertrokken. Wist u er wel van?'
'Ja.'
'Sterker nog, heeft u daar niet zelf toe besloten?'
'Inderdaad.'
'Waarom heeft u ons dat dan niet verteld?'
'Ik was het vergeten.'
'Echt waar?'
'U heeft mij de vorige keer ook niet over het vermoorde meisje verteld.'
Hij zette de tegenaanval in, die klootzak.
'Dipasquale, we spelen hier niet het spelletje dat we elkaar om de beurt iets vertellen. Bovendien wist u toen u hier de vorige keer kwam al van de dode, want daarover had Spitaleri u verteld. En u heeft zich van de domme gehouden.'
'Wat had ik dan moeten zeggen? Niks toch?'
'O, maar u heeft wel degelijk iets gezegd.'
'Wat dan?'
'U heeft zich een alibi willen verschaffen. U heeft verteld dat Spitaleri u naar Fela heeft gestuurd om een nieuwe bouwlocatie te openen, vier dagen voor het werk in Pizzo

klaar was. Dus waarom was u op 11 en 12 oktober dan toch in Pizzo, en niet in Fela?'

Dipasquale probeerde niet eens een smoesje te verzinnen.

'Probeert u het te begrijpen, commissaris. Toen Spitaleri me over dat lijk vertelde, ben ik behoorlijk geschrokken. Daarom heb ik het verhaal verzonnen dat ik naar Fela was gestuurd. Ik wist wel dat u er vroeg of laat achter zou komen dat het een leugen was.'

'Vertelt u ons dan eens precies hoe het is gegaan.'

'Nou, de elfde ben ik dat kloteappartement binnengegaan. Ik wilde zien of er vocht was binnengekomen of dat het ergens lekte. Ik ben ook in de woonkamer geweest, maar daar was niets vreemds te zien.'

'En de volgende dag, de twaalfde?'

'Na de lunch ben ik er weer naartoe gegaan. Ik heb tegen Micciché gezegd dat hij de doorgang moest openlaten en naar huis kon gaan. Toen heb ik een halfuur op Speciale zitten wachten.'

'Bent u naar binnen gegaan om de boel te controleren?'

'Ja, alles was in orde.'

'Ook in de woonkamer?' vroeg Fazio.

'Ook in de woonkamer.'

'En toen?'

'Na een flinke tijd wachten kwam Speciale eindelijk.'

'Hoe?'

'Met de auto. Hij heeft tijdens zijn hele verblijf hier een huurauto gehad.'

'Was zijn stiefzoon bij hem?'

'Ja'

'Hoe laat was het?'

'Het zal een uur of vier geweest zijn.'

'Zijn jullie naar beneden gegaan?'

'Ja, met z'n drieën.'

'Was het daar niet te donker?'

'Ik had een sterke zaklamp bij me, en Speciale had er ook een. Hij heeft alles zorgvuldig nagekeken, want hij is een pietluttig en nauwgezet man. Daarna vroeg ik hem of we de doorgang konden dichtmaken en het zand konden storten, en hij zei dat dat goed was. Ik heb nog een laatste keer rondgekeken en toen zijn Speciale en ik naar buiten gegaan. We hebben afscheid genomen en ik ben weggegaan.'

'En Ralf?'

'De jongen had de zaklamp van zijn stiefvader geleend en was beneden gebleven.'

'Om wat te doen?'

'Geen idee. Hij vond het leuk onder de grond. Hij moest lachen om de ingepakte raamkozijnen. Ik heb toch gezegd dat hij gek was?'

'Dus Speciale en Ralf bleven in Pizzo achter?'

'Ja, Speciale had trouwens de sleutels van het bovenste appartement, dat al bewoonbaar was.'

'Kunt u zich herinneren hoe laat u bent weggegaan?'

'Rond vijven.'

'Waarom liet u Micciché dan pas om negen uur 's avonds weten dat hij de doorgang kon dichtmaken?'

'Ik heb hem voor die tijd minstens drie keer gebeld, maar ik kreeg steeds geen gehoor! Pas 's avonds kreeg ik hem te pakken!'

Dat kon kloppen. Micciché en zijn vrouw hadden de middag tenslotte in het ziekenhuis van Montelusa doorgebracht.

'Wat heeft u gedaan toen u uit Pizzo wegging?'

Dipasquale liet een lachje horen.

'Willen jullie een alibi?'

'Het zou goed zijn als u er een had.'

'Nou, die heb ik, hoor. Ik ben naar het kantoor van Spitaleri gegaan. Tussen zes en acht zou hij ons bellen, mij en zijn secretaresse.'

'Hij was rond die tijd toch nog niet in Bangkok?' riep Fazio.

'Nee, maar het vliegtuig maakte ergens een tussenlanding, ik weet niet meer waar. Spitaleri kende de vluchtroute, want hij gaat vaak die kant op.'

'En, heeft hij gebeld?'

'Ja.'

'Was het een belangrijk telefoontje?'

'Nogal, het ging over een aanbesteding. Als we die zouden krijgen, moest ik meteen een paar dingen regelen.'

Zoals bijvoorbeeld de verschuldigde steekpenningen uitreiken aan de familie Sinagra, de familie Cuffaro, de burgemeester en wie er verder nog meer wat in de melk te brokkelen had – dacht de commissaris – maar hij zei niets.

'Even uit nieuwsgierigheid, hebben jullie de aanbesteding gekregen?' vroeg Fazio.

'Op de twaalfde hadden ze nog niet besloten. Op de veertiende wel.'

'In jullie voordeel?' vroeg Fazio.

'Ja.'

Hoe kon het ook anders?

'Hebben jullie het Spitaleri laten weten?'

'Ja, de volgende dag. We hebben hem in zijn hotel in Bangkok gebeld.'

'Wie zijn wij?'

'Zijn secretaresse en ik. Tot slot, als jullie willen weten wat er in Pizzo is gebeurd nadat ik daar ben weggegaan, moeten jullie Speciale bellen in Duitsland.'

'Speciale is dood. Wist u dat niet?'

'Heeft hij een beroerte gekregen of zo?'

'Nee, hij is thuis van de trap gevallen.'

'Nou, dan kunnen jullie het altijd nog aan Ralf vragen.'

'Ralf is ook dood. Dat heb ik zelf pas net een halfuur geleden gehoord.'

Dipasquale was verbijsterd.

'Maar... hoe dan?'

'Hij is met zijn stiefvader in de trein gestapt, maar nooit op de eindbestemming aangekomen. Hij moet onderweg uit de trein zijn gevallen.'

'Dan rust er een vloek op het huis in Pizzo!' zei de opzichter geschrokken.

Dat kun je wel zeggen! dacht Montalbano.

De commissaris pakte de aangifte met de foto van het meisje van zijn bureau. Dipasquale nam het formulier aan, keek naar de foto en werd knalrood.

'Kent u haar?'

'Ja, ze is een van die tweeling die in het laatste huis vóór de villa in Pizzo woonde.'

Daarom was haar vermissing in Fiacca aangegeven! Montereale hoorde bij dat politiebureau.

'Is dit het vermoorde meisje?' vroeg Dipasquale met de aangifte nog steeds in zijn hand.

'Ja.'

'Ik weet zeker dat...'

'Gaat u door.'

'Weet u nog wat ik de vorige keer vertelde? Nou, dit is het meisje dat door de naakte Ralf werd achternagezeten en door Spitaleri werd gered.'

Dipasquale zag onmiddellijk in dat hij een fout had gemaakt. Door zijn onnadenkendheid had hij Spitaleri erbij betrokken. Hij probeerde het meteen te herstellen.

'Of misschien ook niet. Nee, trouwens zeker niet. Ik vergis me. Dit is haar tweelingzus, dat weet ik zeker.'

'Zag u de tweeling vaak?'

'Niet vaak. Af en toe. Om naar de villa in Pizzo te gaan, moest je langs hun huis.'

'Waarom zei Micciché dan dat hij haar nog nooit had gezien?'

'Bouwvakkers gaan om zeven uur 's ochtends naar hun werk, commissaris. Rond die tijd lagen die meisjes nog te slapen. En om halfzes, als ze klaar waren met werken, lagen die meisjes nog op het strand. Ikzelf reed echter voortdurend op en neer.'

'Net als Spitaleri?'

'Hij nog vaker dan ik.'

'U kunt gaan,' zei Montalbano.

'Wat denkt u van het alibi van Dipasquale?' vroeg Fazio toen de opzichter het kantoor had verlaten.

'Het kan kloppen of niet. We weten niet of dat telefoontje van Spitaleri wel echt is gepleegd.'

'We zouden het aan de secretaresse kunnen vragen.'

'Je maakt zeker een grapje? Die doet precies wat Spitaleri zegt. Anders is ze mooi haar baan kwijt, en met de huidige werkeloosheid zou ze dat nooit riskeren.'

'Het lijkt wel alsof we geen stap verder komen.'

'Dat gevoel heb ik ook. Laten we morgen eerst maar eens horen wat Adriana ons te vertellen heeft.'

'Waarom wilt u eigenlijk nog een keer met Filiberto praten?'

'Dat wil ik helemaal niet, maar ik was benieuwd naar de reactie van Dipasquale. Of hij ons soms verdenkt van gisteravond.'

'Ik denk niet dat ze daar al achter zijn.'

'Vroeg of laat ontdekken ze het.'

'En wat dan?'

'Volgens mij zullen ze zich niet blootgeven. Spitaleri zal gaan klagen bij zijn protectievriendjes en die zullen wel wat ondernemen.'

'Zoals wat?'

'Laten we eerst eens afwachten of ze ons echt in elkaar slaan, Fazio, en dan pas gaan huilen.'

'Goed,' zei Fazio. 'Dan ga ik nu...'

Hij werd onderbroken door een knal zo hard als een kanonschot. Het was de deur die openvloog tegen de muur. In de deuropening stond Catarella met opgeheven arm en gebalde vuist. In zijn andere hand hield hij een envelop.

'Verexcuseer me het lawaai, chef. Er werd net zojuist een brief bezorgd.'

'Geef hier en smeer 'm voor ik je neerschiet.'

Het was een grote envelop met twee faxen uit Duitsland erin, geadresseerd aan het kantoor van Callara.

'Moet je horen, Fazio. Dit gaat over de dood van Ralf.'

Montalbano las hardop voor.

Geachte heer,

Drie maanden geleden las ik een nieuwsbericht in de krant, waarvan ik hier een kopie met vertaling bij sluit.

Ik voelde onmiddellijk, misschien uit moederlijk instinct, dat het ging om de overblijfselen van mijn arme zoon Ralf, op wiens thuiskomst ik al die jaren heb gewacht.

Ik heb verzocht om een vergelijking van het DNA*-materiaal van de onbekende man met dat van mijzelf. Ik heb lang moeten aandringen om dat voor elkaar te krijgen.*

Een paar dagen geleden ontving ik eindelijk de uitslag.

De gegevens komen exact overeen, de overblijfselen zijn dus zonder twijfel van mijn arme Ralf.

Er zijn geen sporen van kleding gevonden, en daarom gaat de politie ervan uit dat Ralf 's nachts is opgestaan om naar het toilet te gaan, per ongeluk de buitendeur van de coupé heeft opengetrokken en uit de trein is gevallen.

De villa op Sicilië heeft ons niets dan ongeluk gebracht. Mijn zoon Ralf is gestorven, en ook mijn man Angelo, die na zijn reis naar Sicilië en zeker na de verdwijning van Ralf, nooit meer dezelfde is geweest.

Daarom wil ik dat de villa wordt verkocht.

Ik zal u de komende dagen per fax kopieën sturen van alle

documenten die te maken hebben met de bouw van de villa, het ontwerp, de vergunningen, het uittreksel uit het kadaster en de contracten met de firma Spitaleri. Zowel bij de aanvraag voor legalisatie als bij de toekomstige verkoop van de villa zult u die nodig hebben.
Gudrun Walser

De vertaling van het nieuwsbericht luidde als volgt:

OVERBLIJFSELEN VAN ONBEKENDE MAN GEVONDEN
De brandweer heeft eergisteren, tijdens het blussen van een brand die naar het dichte struikgewas op de helling van de spoorweg op ongeveer twintig kilometer van Keulen was overgewaaid, half onder de grond menselijke resten gevonden. Identificatie was onmogelijk, omdat er geen kleding of papieren bij het lichaam zijn gevonden.
De autopsie heeft aangetoond dat de overblijfselen zonder twijfel van een jonge man zijn en dat hij minstens vijf jaar geleden is gestorven.

'Ik geloof niets van die val uit de trein,' zei Fazio.
'Ik ook niet. Volgens de politie zou Ralf zijn opgestaan om naar de wc te gaan. In zijn blootje? En als hij nou iemand tegen zou komen op de gang?'
'Wat denkt u dat er is gebeurd?'
'Tja, het blijven speculaties, een echt bewijs of bevestiging zullen we nooit hebben. Misschien had Ralf zijn oog wel op een medepassagiertje laten vallen en wilde hij haar naakt gaan omhelzen, zoals Dipasquale vertelde dat hij wel vaker deed. En misschien is hij toen haar echtgenoot, vader of oom tegengekomen, die hem vervolgens uit het raam heeft gesmeten.'
'Dat lijkt me een beetje vergezocht.'
'Er kan ook een andere verklaring zijn: zelfmoord.'

'Maar waarom?'

'Die hypothese gaat uit van het feit dat Angelo Speciale en zijn stiefzoon de middag van 12 oktober alleen in Pizzo zijn achtergebleven, zoals Dipasquale zegt. Stel: Angelo ging op het terras van de zonsondergang zitten genieten en Ralf ging een wandelingetje maken in de richting van het huis van de familie Morreale. Dipasquale vertelde dat Ralf Rina al een keer eerder had proberen te pakken. Nu komt hij haar toevallig weer tegen en dit keer laat hij haar niet gaan. Hij bedreigt haar met een mes en dwingt haar mee te gaan in het ondergrondse appartement, waar de tragedie plaatsvindt. Daarna pakt Ralf het lichaam in, legt het in de kist, raapt de kleren van het meisje bij elkaar, verstopt die ergens in huis en gaat dan bij Angelo op het terras zitten. Die vindt de kleren van het meisje, misschien pas op de laatste dag. Misschien waren ze wel onder het bloed komen te zitten toen Ralf haar vermoordde.'

'Dus hij had haar zich niet laten uitkleden?'

'Dat weten we niet zeker, het kan ook zijn dat hij haar pas later heeft uitgekleed. Om te doen wat hij wilde doen, hoefde ze niet helemaal bloot te zijn.'

'En hoe is het verdergegaan?'

'Tijdens de treinreis dwingt Angelo Ralf tot een bekentenis. En daarna pleegt de jongen zelfmoord door uit de trein te springen. Er is eventueel nog een andere variant.'

'Wat dan?'

'Dat Angelo hem uit de trein gooit, en zo het monster doodt.'

'Een béétje overdreven, chef!'

'Hoe het ook zij, Gudrun Speciale schrijft dat haar man bij thuiskomst in Keulen nooit meer zichzelf is geweest. Dus er moet iets zijn gebeurd.'

'Hoezo, iets? Toen hij 's ochtends in de slaapcoupé wakker werd, was hij zijn stiefzoon kwijt!'

'Dus jij ziet in Speciale geen moordenaar?'
'Nee, niet echt.'
'En als je aan de Griekse tragedies denkt...'
'Chef, we zijn hier in Vigàta, niet in Griekenland.'
'Zeg eens eerlijk: vind je het een goed verhaal of niet?'
'Voor de televisie wel, ja.'

12

Het was een lange dag geweest, die nog langer had geleken door de verstikkende zomerhitte. Hij was een beetje moe, maar aan eetlust ontbrak het hem niet.

De aanblik van de lege oven was dus teleurstellend, maar in de koelkast stond gelukkig een salade van inktvis, selderij, tomaten en wortel, die moest worden aangemaakt met olijfolie en citroen. Adelina had terecht een koude maaltijd voor hem klaargemaakt.

Op de veranda waaide een pril briesje, te zwak om de compacte massa hitte in beweging te brengen die aan het begin van de avond nog in de lucht hing, maar beter dan niets.

Hij kleedde zich uit, trok zijn zwembroek aan en holde de zee in. Hij zwom ver, met grote, langzame armslagen. Toen kwam hij weer uit het water, ging het huis in, dekte de tafel op de veranda en begon te eten. Na de salade had hij nog steeds honger. Hij vulde een bord met groene en zwarte olijven en een lekker stuk kaas waar absoluut een goede wijn bij moest worden gedronken.

Op de veranda was het briesje uitgegroeid van pril tot rijp, en was inmiddels goed te voelen.

Nu zijn gedachten eens niet door de hitte vastliepen, besloot Montalbano het moment te baat te nemen om het onderzoek waar hij mee bezig was eens goed te overdenken. Hij ruimde de borden, het bestek en de glazen af en legde wat papier op tafel.

Hij hield er niet van om aantekeningen te maken, en besloot zichzelf een brief te schrijven, zoals hij wel vaker deed.

Beste Montalbano,
Helaas moet ik constateren dat je denkvermogen, hetzij door het begin van seniele kindsheid, hetzij door de enorme hitte van de laatste dagen, iedere glans heeft verloren. Het is uiterst dof geworden en moeizaam in beweging te krijgen. Je hebt dat zelf kunnen zien in de loop van het gesprek met dokter Pasquano, dat door hem op veel punten is gewonnen.
Pasquano formuleerde twee hypothesen over het feit dat de moordenaar de kleren van het meisje heeft meegenomen: één, het was een irrationele actie; twee, hij heeft ze meegenomen omdat hij een maniak is. Beide hypothesen zijn plausibel.
Er kwam echter nog een derde mogelijkheid in je op, toen je het er vandaag met Fazio over had, namelijk dat de moordenaar de kleren heeft meegenomen omdat ze onder het bloed zaten. Bloed dat uit de keel van het meisje kwam, toen ze werd vermoord.
Eerst moeten we een stap terug doen, want het kan ook anders zijn gegaan.
Zowel toen je het lijk zelf ontdekte, als toen je het officieel door Callara liet ontdekken, heb je die grote plas bloed bij de terrasdeur niet gezien, om de simpele reden dat die voor het blote oog niet zichtbaar was. De mensen van de technische recherche hebben hem later wel gezien, omdat ze luminol gebruikten.
Als de moordenaar de plas bloed gewoon had laten liggen, zouden er op de vloertegels zelfs zes jaar later sporen van opgedroogd bloed hebben moeten zitten. Er was daarentegen niets te zien.
Hieruit volgt dat de man, nadat hij het meisje had vermoord, ingepakt en in de kist gestopt, haar kleren heeft gebruikt om de plas bloed, in ieder geval oppervlakkig, weg te vegen. Hij heeft

daarvoor de kleren met water kunnen bevochtigen, want de kranen deden het al. Daarna heeft hij ze in een plastic tasje gestopt dat daar rondslingerde of dat hij zelf had meegenomen.
Dan is de vraag: waarom heeft hij zich niet van haar kleren ontdaan door het tasje op het lijk te leggen?
Het antwoord luidt: dan had hij de kist weer moeten openmaken.
En dat kon hij niet, want dat zou opnieuw een confrontatie hebben betekend met de werkelijkheid waarvan hij het bestaan al aan het uitwissen was. Pasquano heeft dus gelijk: de moordenaar verstopte het lijk opdat hij het zelf niet meer zou hoeven zien, niet opdat wíj het niet zouden zien.
Er is nog een belangrijke vraag. Hij is al eerder gesteld, maar het is goed hem opnieuw te stellen: was het noodzakelijk om het meisje te vermoorden? En zo ja, waarom?
Wat betreft het waarom heeft Pasquano de mogelijkheid van chantage genoemd, of van een gewelddadige woede-uitbarsting door plotselinge impotentie.
Mijn antwoord luidt: ja, ze moest worden vermoord, maar om een heel andere reden. *Namelijk:* het meisje kende haar aanvaller.
De moordenaar heeft het meisje gedwongen het ondergrondse appartement in te gaan en eenmaal binnen stond haar lot vast. Als hij haar in leven had gelaten, zou het meisje hem voor verkrachting of poging daartoe hebben aangegeven. Dus toen de moordenaar haar meenam onder de grond, wist hij al dat hij haar niet alleen zou verkrachten maar ook zou vermoorden. Hierover bestaat geen twijfel. Het was moord met voorbedachten rade.
De hoofdvraag luidt natuurlijk: wie is de moordenaar? Wie zijn de verdachten?
Ten eerste Spitaleri, maar hij kan het niet zijn. Ook al mag je hem niet, ook al zul je proberen hem op een andere zaak te pakken, het staat onomstotelijk vast dat Spitaleri de middag van

12 oktober niet in Pizzo was, maar in een vliegtuig op weg naar Bangkok. Bovendien zijn meisjes van Rina's leeftijd naar Spitaleri's smaak al te volwassen.
Ook Miccichè heeft een alibi: hij heeft de hele middag in het ziekenhuis van Montelusa doorgebracht. Dat kun je laten natrekken, als je wilt, maar dat is zonde van je tijd.
Dipasquale zegt een alibi te hebben. Hij is rond vijven uit Pizzo vertrokken en naar het kantoor van Spitaleri gegaan om het telefoontje te beantwoorden. Om negen uur heeft hij met Miccichè gesproken. Hij heeft ons echter niet verteld wat hij in de tussentijd heeft gedaan. Volgens hem zou Spitaleri tussen zes en acht bellen. Als het telefoontje al om halfzeven binnenkwam, kan Dipasquale daarna het kantoor hebben verlaten, toevallig Rina zijn tegengekomen, haar een lift naar Pizzo hebben aangeboden en... Om negen uur had hij makkelijk Miccichè kunnen bellen.
En dan Ralf. Hij bleef met zijn stiefvader in Pizzo achter nadat Dipasquale was weggegaan. Hij had Rina al een keer eerder proberen te pakken. Het zou zo gegaan kunnen zijn als je vanmiddag met Fazio hebt besproken, maar dan blijft het mysterie rond zijn dood intact, een mysterie dat op de een of andere manier zou kunnen samenhangen met zijn schuld. Ralf de schuld in de schoenen schuiven is met name een kwestie van overtuiging. Hij is dood, en zijn stiefvader ook. Geen van beiden kan ons nog vertellen wat er is gebeurd.
Dus de conclusie luidt: Dipasquale is de hoofdverdachte.
Maar eigenlijk ben je daar niet van overtuigd.
Pas goed op jezelf, Salvo.

Terwijl hij zijn zwembroek uittrok om naar bed te gaan, had hij plotseling zin om Livia's stem te horen. Hij belde haar op haar mobiel. Het toestel ging lang over, maar er werd niet opgenomen.

Hoe kon dat? Hoe groot was die boot van Massimiliano

wel niet dat Livia haar mobiele telefoon niet hoorde? Of was ze soms ergens mee bezig, had ze het te druk met andere dingen om de telefoon op te nemen?

Hij wilde net boos ophangen, toen Livia's stem klonk.

'Hallo, met wie spreek ik?'

Hoezo, met wie spreek ik? Zag ze op het display, of hoe dat ding verdomme ook heette, het nummer dan niet van degene die belde?

'Met Salvo.'

'O, ben jij het.'

Niet teleurgesteld. Gewoon onverschillig.

'Wat was je aan het doen?'

'Ik sliep.'

'Waar?'

'Op het dek. Ik was even in slaap gevallen. Het is hier zo rustig en mooi...'

'Waar zijn jullie?'

'Op weg naar Sardinië.'

'En waar is Massimiliano?'

'Hij lag naast me toen ik in slaap viel. Nu is hij waarschijnlijk...' Montalbano hing op, en trok de stekker eruit.

Hij lag naast me toen ik in slaap viel.

Wat deed die ongelooflijke klootzak van een Massimiliano daar? Slaapliedjes zingen?

Zijn bloed kookte van woede toen hij naar bed ging.

En om in slaap te vallen was de hand van God nodig.

Vergeefs was hij gaan zwemmen zodra hij uit bed kwam; vergeefs was hij onder de douche gaan staan die koud had moeten zijn, maar juist warm was omdat het water in de tanks op het dak zo heet was geworden dat je er pasta in kon koken; en vergeefs had hij zich zo licht mogelijk gekleed.

Zodra hij een voet buiten de deur zette, werd hem duidelijk dat alles zinloos was geweest, de hitte was verstikkend.

Hij ging weer naar binnen, stopte een hemd, een onderbroek en een dunne lange broek in een plastic tasje en vertrok.

Toen hij op het politiebureau aankwam, was zijn hemd drijfnat van het zweet en plakte zijn onderbroek aan zijn billen.

Catarella probeerde op te staan om te salueren, maar het lukte niet en hij viel krachteloos terug in zijn stoel.

'Chef, chef, ik ga dood van de hitte! Hellevuur is het!'

'Kop op!'

Hij sloot zich op in de wc. Hij kleedde zich uit, waste zich, haalde het hemd, de onderbroek en de broek uit het tasje, trok ze aan, liet de bezwete spullen in de badkamer hangen, ging naar zijn kantoor en zette de kleine ventilator aan.

'Catarella!'

'Ik kom eraan, chef.'

Terwijl hij de luiken stond dicht te doen, kwam Catarella binnen.

'Tot uw...'

Hij zweeg, hield zich met zijn linkerhand aan het bureau vast, bracht zijn rechterhand naar zijn voorhoofd en sloot zijn ogen. Hij zag eruit als een illustratie uit een handboek voor acteren met als onderschrift: verbazing en vrees.

'Gottegot...' jammerde hij.

'Gaat het niet, Catarè?'

'Gottegot, chef, wat een schrik! De hitte stijgt op in mijn hoofd!'

'Wat is er?'

'Als u praat, hoor ik u prima, chef. Mijn oren doen het nog, maar mijn ogen verdraaien de boel!'

En hij bleef in dezelfde houding staan, zijn ogen gesloten, zijn hand tegen zijn voorhoofd.

'Luister alsjeblieft, op het toilet hangen de kleren die ik heb uitgetrokken...'

'U heeft zich omgekleed?!' viel Catarella hem in de rede.

Hij leek opgelucht. Hij opende zijn ogen, haalde zijn hand van zijn voorhoofd en keek naar Montalbano alsof hij hem voor het eerst zag.

'Dus u heeft zich omgekleed!'

'Ja, Catarè, ik heb me omgekleed. Is dat zo verwonderlijk?'

'Nee, chef, maar ik had dus een misverstand! Ik zag u met bepaalde kleren gekleed binnenkomen en toen zag ik u met andere kleren gekleed staan, dus dacht ik dat het aan mijzelf lag, door de hitte. Gelukkig was het omdat u zichzelf heeft omgekleed!'

'Ga mijn kleren halen, Catarè, en hang ze op de binnenplaats te drogen.'

'Zoals u ordert, chef.'

Hij liep het kantoor uit en wilde de deur dichtdoen, maar de commissaris hield hem tegen.

'Laat de deur maar open, dan waait het misschien een beetje door.'

De telefoon ging. Het was Mimì Augello.

'Hoe gaat het, Salvo? Ik heb eerst naar je huis gebeld, maar daar kreeg ik geen gehoor en toen dacht ik dat Maria-Hemelvaart jou vast geen donder kan schelen, dus...'

'Goed gedacht, Mimì. Hoe gaat het met Beba? En met de kleine?'

'O, Salvo, praat me er niet van. De kleine heeft de hele tijd koorts gehad. We hebben nog geen dag echt vakantie gehad! Gisteren was het eindelijk over. Morgen zou ik eigenlijk alweer aan het werk moeten, maar...'

'Ik snap het, Mimì. Wat mij betreft kun je nog een week wegblijven, als je wilt.'

'Echt waar?'

'Echt waar. Doe Beba de groetjes van me en geef je zoon een dikke kus.'

Vijf minuten later ging de telefoon weer.

'Chef, chef! De hoofd en commissaris zegt dat hij dringenderwijs...'

'Zeg maar dat ik er niet ben.'

'En waarheen zeg ik dat u bent gegaan?'

'Naar de tandarts.'

'Heeft u kiespijn?'

'Nee, Catarè, dat is een smoesje.'

Moest de hoofd en commissaris zelfs op Maria-Hemelvaart aan zijn kop zeiken?

Terwijl hij wat papieren zat te ondertekenen, die volgens Fazio al een hele poos lagen te wachten, keek hij op. Op de gang liep Catarella. Hij kwam naar zijn kamer toe. Er was iets geks aan de hand. Maar wat? Nu zag hij het.

Catarella liep te dansen. Ja, dat was het, hij danste.

Hij zwierde door de gang, met zijn armen in de lucht. Was de hitte hem echt naar het hoofd gestegen? Toen hij de kamer binnenkwam, zag de commissaris dat zijn ogen gesloten waren. Grote goden, was hij soms aan het slaapwandelen?

'Catarella!'

Catarella stond abrupt stil voor het bureau en deed verschrikt zijn ogen open, maar bleef met een dromerige blik voor zich uit kijken.

'Hè?' zei hij.

'Wat is er met jou aan de hand?'

'O chef! Er staat een beeldschoon meisje in de receptie! Als twee druppels water het arme vermoorde meisje! Gottegot, zo mooi heb ik er nog nooit een gezien.'

Dus Schoonheid met een hoofdletter S deed Catarella's pas dansen en zijn blik dromen.

'Laat haar binnen en roep Fazio.'

Hij zag haar door de gang op zich af komen lopen.

Catarella liep letterlijk in tweeën gebogen voor haar uit, en maakte een vreemde beweging met zijn handen alsof hij de grond schoonpoetste waar zij haar voeten neerzette. Of rolde hij misschien een onzichtbaar tapijt voor haar uit?

Terwijl het meisje dichterbij kwam en haar trekken, haar ogen en de kleur van haar haren steeds beter te zien waren, kwam de commissaris langzaam overeind. Het was alsof hij gelukzalig in een aangename leegte viel.

Hoofd van glansloos goud
Met hemelsblauwe ogen
Wie leerde jou toveren
En mij niet ik laten zijn?

Een kwatrijn van Pessoa klonk binnen in hem.

Om weer op te duiken uit de leegte en terug te keren naar zijn kamer, moest hij al zijn moed verzamelen en zich voor het hoofd slaan met het even pijnlijke als noodzakelijke: ze had je dochter kunnen zijn.

'Adriana Morreale.'

'Salvo Montalbano.'

'Sorry, dat ik zo laat ben.'

Ze was inderdaad een halfuur te laat.

Ze gaven elkaar een hand. De hand van de commissaris was een beetje bezweet, die van Adriana droog. Ze zag er fris uit en rook naar zeep, alsof ze niet van buiten kwam, maar direct onder de douche vandaan.

'Gaat u zitten. Heb je Fazio geroepen, Catarella?'

'Hè?'

'Heb je Fazio geroepen?'

'Ik zal er alleronmiddellijkst voor zorgen, chef.'

Tot het laatste moment bleef hij over zijn schouder naar het meisje kijken.

Ook Montalbano keek naar haar, maar zij gaf geen krimp. Ze was er vast aan gewend.

Haar lange benen staken in een strakke spijkerbroek, ze droeg een blauw bloesje met blote hals en sandaaltjes. Een punt in haar voordeel: haar navel was niet bloot. En ze had duidelijk geen bh aan. Ze droeg bovendien geen spoortje make-up, ze deed helemaal niets om zich nog mooier te maken. Wat zou ze trouwens nog kunnen doen?

Hij zag een aantal verschillen tussen het meisje dat voor hem zat en haar tweelingzus op de foto van de aangifte. Waarschijnlijk waren die te wijten aan het feit dat Adriana inmiddels zes jaar ouder was, en die jaren zouden wel niet makkelijk zijn geweest. Hun ogen hadden dezelfde vorm en kleur, maar Adriana's blik had niet meer de schitterende onschuld van die van Rina. En ze had een klein rimpeltje naast haar mond.

'Woont u bij uw ouders in Vigàta?'

'Nee. Ik had al snel door dat mijn aanwezigheid voor hen te pijnlijk was. In mij bleven ze mijn zus zien die er niet meer was. Dus toen ik naar de universiteit ging om geneeskunde te studeren, heb ik een appartement gekocht in Palermo. Ik ga wel vaak naar huis, want ik laat ze niet graag lang alleen.'

'In welk jaar zit u?'

'In het derde.'

Fazio kwam binnen en, hoewel hij door Catarella was voorbereid, knipperde hij met zijn ogen toen hij haar zag.

'Fazio.'

'Adriana Morreale.'

'Misschien kun je beter de deur dichtdoen.'

Over vijf minuten, als iedereen van de schoonheid van het meisje had gehoord, zou het op de gang drukker zijn dan in de stad tijdens spitsuur.

Fazio deed de deur dicht en ging op een stoel aan het bureau zitten.

'Het spijt me dat ik u niet bij ons thuis heb uitgenodigd, commissaris.'

'Dat is nergens voor nodig! Ik begrijp het volkomen.'

'Dank u wel. U kunt vragen wat u wilt.'

'Tommaseo vertelde dat u de droeve taak heeft vervuld het stoffelijk overschot van uw zuster te identificeren. Het spijt me oprecht, maar mijn werk verplicht me, en ik verontschuldig me al bij voorbaat, u een aantal vragen te stellen, die...'

Toen deed Adriana iets wat Fazio noch Montalbano had verwacht. Ze gooide haar hoofd naar achteren en barstte in lachen uit.

'Mijn god, u praat precies als Tommaseo! Bijna met exact dezelfde woorden! Is daar een speciale cursus voor of zo?'

Montalbano voelde zich zowel beledigd als opgelucht. Beledigd omdat hij werd vergeleken met Tommaseo en opgelucht omdat hij begreep dat het meisje niet gesteld was op formaliteiten, die vond ze belachelijk.

'Zoals ik al zei,' ging Adriana verder, 'mag u me vragen wat u wilt. Zonder op eieren te lopen. Bovendien lijkt me dat niet uw stijl.'

'Dank u wel,' zei Montalbano.

Ook Fazio keek opgelucht.

'U heeft altijd gedacht dat uw zus dood was, nietwaar? In tegenstelling tot uw ouders.'

Hij kwam ter zake zoals zij dat wilde en zoals dat iedereen het beste uitkwam. Adriana keek hem bewonderend aan.

'Ja, maar niet gedacht. Geweten.'

Montalbano en Fazio wipten tegelijkertijd op van hun stoel.

'Hoezo geweten? Wie heeft u dat verteld?'

'Met zo veel woorden, niemand.'

'Hoe wist u het dan?'

'Mijn lichaam heeft het me laten weten. En ik heb mijn lichaam geleerd niet tegen me te liegen.'

13

Wat bedoelde ze?

'Kunt u uitleggen hoe...'

'Dat is niet zo makkelijk. Het heeft ermee te maken dat mijn zus en ik een eeneiige tweeling waren. Soms voelden we iets wat lastig onder woorden is te brengen. Een soort gevoelsmatige communicatie op afstand.'

'Zou u daar iets meer over kunnen vertellen?'

'Natuurlijk, maar ik wil meteen vooropstellen dat het niet zo was dat als een van ons haar knie stootte, de ander dan pijn had aan dezelfde knie, ook al was ze ver weg. Zulk soort dingen waren het niet. Hooguit een overdracht van een sterke emotie. Op een dag ging bijvoorbeeld onze oma dood. Rina was bij haar, maar ik was in Fela bij mijn neefjes en nichtjes aan het spelen. Opeens werd ik daar overmand door zo'n verdriet dat ik zonder duidelijk aanwijsbare reden begon te huilen. Rina had me haar emotie van dat moment overgedragen.'

'Ging dat altijd zo?'

'Nee, niet altijd.'

'Waar was u op de dag dat uw zus niet thuis kwam?'

'De ochtend van de twaalfde was ik naar mijn oom en tante in Montelusa gegaan. Ik zou twee of drie dagen bij hen blijven, maar ben die avond laat weer naar huis gegaan, toen papa had gebeld om te zeggen dat Rina was verdwenen.'

'En was er die middag of avond van de twaalfde... tussen u en uw zus... nou ja, die soort communicatie...'

Montalbano had moeite de vraag goed te formuleren, maar Adriana schoot hem te hulp.

'Ja, die was er. Om negentien uur achtendertig. Instinctief heb ik op mijn horloge gekeken.'

Montalbano en Fazio keken elkaar aan.

'Wat gebeurde er?'

'Ik had een kleine kamer voor mezelf bij mijn oom en tante thuis. Ik was daar alleen, en stond mijn kleren uit te zoeken voor die avond, want we waren voor het eten uitgenodigd bij vrienden... Plotseling voelde ik iets, niet zoals de andere keren, maar iets heel lichamelijks. Ze is gewurgd, hè?'

Ze zat er dichtbij.

'Niet helemaal. Wat heeft Tommaseo u verteld?'

'Tommaseo heeft ons wel verteld waar ze is gevonden en dat ze is vermoord, maar niet hoe.'

'En toen u naar het mortuarium ging voor de identificatie...'

'Toen heb ik gevraagd of ze me alleen haar voeten wilden laten zien. Dat was genoeg. Haar grote teen was...'

'Ja, dat weten we. Heeft u daarna niet aan Tommaseo gevraagd hoe ze is gestorven?'

'Luister commissaris, na de identificatie was mijn enige zorg me zo snel mogelijk van Tommaseo te bevrijden. Hij begon me te troosten en gaf me kleine klopjes op mijn rug, maar zijn hand zakte steeds verder omlaag. Te ver, naar mijn smaak. Ik ben niet het type dat de onaantastbare maagd speelt, echt niet, maar die man was ronduit vervelend. Wat had hij moeten vertellen?'

'Dat uw zus de keel is doorgesneden.'

Adriana verbleekte en greep met haar hand naar haar keel.

'Mijn god,' mompelde ze.

'Kunt u zeggen wat u destijds voelde?'

'Een heftige pijn aan mijn keel. Ik kon een minuut lang niet ademhalen, maar het leek wel een eeuwigheid. Op het moment zelf besefte ik echter niet dat die pijn iets met mijn zus te maken had.'

'Wat dacht u dan?'

'Kijk, commissaris, Rina en ik waren alleen in lichamelijk opzicht identiek. Onze manieren van denken en doen waren heel verschillend. Rina zou bijvoorbeeld nooit iets hebben gedaan wat niet mocht, zelfs geen kleine dingen. Ik wel. Zo was ik stiekem begonnen met roken. Die middag had ik voor het open raam in mijn kamertje al drie sigaretten achter elkaar zitten roken. Gewoon, voor de lol. Dus dacht ik dat de keelpijn door het roken kwam.'

'Wanneer kwam u erachter dat het wel met uw zus te maken had?'

'Vrijwel meteen.'

'Waarom?'

'Omdat ik toen het verband legde met iets wat me een paar minuten eerder was overkomen.'

'Kunt u ons daarover vertellen?'

'Liever niet.'

'Heeft u later aan uw ouders verteld over dat contact met uw zus?'

'Nee, ik heb er nog nooit eerder over gesproken.'

'Waarom niet?'

'Omdat het een geheim was tussen Rina en mij. We hadden gezworen het aan niemand te vertellen.'

'Hadden u en uw zus een vertrouwelijke band?'

'Dat kon niet anders.'

'Vertelden jullie elkaar alles?'

'Ja, alles.'

Nu kwamen de moeilijkste vragen.

'Wilt u iets drinken? Zal ik iets uit de bar laten halen?'

'Nee, dank u wel. We kunnen verdergaan.'

‘Moet u niet naar huis? Zijn uw ouders alleen?’

‘Heel vriendelijk, maar u hoeft zich geen zorgen te maken. Ik heb een vriendin gebeld, die verpleegkundige is. Bij haar zijn ze in goede handen.’

‘Heeft Rina u verteld of ze door iemand werd lastiggevallen?’

Net als zo-even gooide Adriana haar hoofd naar achteren en barstte in lachen uit.

‘Gelooft u me, commissaris, vanaf ons dertiende was er geen man meer die ons níet lastigviel, zoals u dat noemt. Ik vond het wel grappig, maar Rina was altijd boos of gekwetst.’

‘We hebben over een specifiek voorval gehoord waar we graag meer van zouden willen weten.’

‘O, ik snap het al. U heeft het over Ralf.’

‘Kende u hem?’

‘Ja, natuurlijk! Tijdens de bouw van zijn stiefvaders villa kwam hij om de dag bij ons in Pizzo langs.’

‘Wat kwam hij doen?’

‘Hij verstopte zich tot onze ouders naar het dorp of naar het strand waren. En dan bespioneerde hij ons, terwijl we aan het ontbijt zaten. Ik vond het wel grappig, soms gooide ik zelfs stukjes brood naar hem alsof hij een hond was. Hij hield van die spelletjes. Maar Rina kon hem niet uitstaan.’

‘Was hij wel goed bij zijn hoofd?’

‘Maakt u een grapje? Hij was volledig gestoord. Eén keer is er iets ernstigers gebeurd. Ik was alleen thuis en de douche boven deed het niet. Dus ben ik beneden gaan douchen. Toen ik eronder vandaan kwam, stond hij naakt voor me in huis.’

‘Hoe was hij binnengekomen?’

‘Door de voordeur, kennelijk stond die op een kier. Het was de eerste keer dat Ralf het huis was binnengekomen.

Ik had niet eens een handdoek om. Hij keek me met zijn domme ogen aan en smeekte om een kus.'

'Wat zei hij precies?'

'Wil je me alsjeblieft kussen?'

'Was u niet bang?'

'Nee. Ik ben bang voor andere dingen.'

'Hoe is het afgelopen?'

'Het leek me het beste om hem maar zijn zin te geven. Dus gaf ik hem een kus. Een kleintje, maar wel op zijn mond. Hij legde zijn hand op mijn borst, streelde me, boog toen zijn hoofd en ging op een stoel zitten. Ik ben naar boven gegaan om me aan te kleden en toen ik weer beneden kwam, was hij weg.'

'Dacht u niet dat hij u zou kunnen verkrachten?'

'Geen moment.'

'Waarom niet?'

'Omdat ik meteen zag dat hij impotent was. Ook aan de blik in zijn ogen. Toen ik hem kuste en hij me streelde, wist ik het zeker. Hij had, hoe zal ik het zeggen, geen enkele zichtbare lichamelijke reactie.'

In zijn hoofd hoorde de commissaris kabaal: zijn vooronderstellingen vielen keihard aan diggelen. Hoe Ralf het meisje had gedwongen mee te gaan het ondergrondse appartement in, haar had verkracht en vermoord, en daarna zichzelf gedood, of daartoe werd gedwongen...

Ontmoedigd keek hij naar Fazio. Ook die leek van zijn stuk gebracht.

Toen keek hij bewonderend naar Adriana: hoeveel meisjes kende hij die zo open over dingen konden spreken?

'Heeft u dit aan Rina verteld?'

'Natuurlijk.'

'Waarom rende ze dan weg toen Ralf probeerde haar te kussen? Ze wist toch dat hij ongevaarlijk was?'

'Commissaris, ik heb u al verteld dat we in dit opzicht

verschillend waren. Rina was niet bang voor hem, maar diep beledigd. Daarom rende ze weg.'

'Er is me verteld dat aannemer Spitaleri...'

'Ja, die reed net op dat moment langs. Hij zag Rina rennen met de blote Ralf achter zich aan. Hij is gestopt, uit zijn auto gestapt en heeft Ralf zo'n mep gegeven dat die op de grond viel. Toen boog hij zich over hem heen, trok een mes en zei dat hij hem zou vermoorden als hij mijn zus ooit nog zou lastigvallen.'

'En toen?'

'Toen heeft hij haar met de auto naar huis gebracht.'

'Is hij nog gebleven?'

'Rina zei dat ze hem koffie had aangeboden.'

'Weet u of Spitaleri en uw zus elkaar nog vaker hebben gezien?'

'Ja.'

Op dat moment ging de telefoon.

'Chef, chef! De hoofd en commissaris wil u allerdringendst spreken in hoogsteigen persoon!'

'Waarom heb je niet gezegd dat ik nog bij de tandarts zat?'

'Ik heb het geprobeerd, maar de hoofd en commissaris zei dat hij niet wilde horen dat u nog steeds bij de tandarts was, dus kon ik dat ook niet zeggen en heb ik maar gezegd dat u inderdaad hoogstpersoonlijk aanwezig was.'

'Schakel hem door naar Augello's kantoor.'

Hij stond op.

'Sorry, Adriana. Ik zal het zo snel mogelijk afhandelen. Kom mee, Fazio.'

In Mimì's kamer, waar 's ochtends de zon op stond, stikten ze bijna van de hitte.

'Wat kan ik voor u doen, hoofdcommissaris?'

'Montalbano! Bent u nou helemaal?'

'Sorry?'

'U heeft zich niet eens verwaardigd antwoord te geven!'

‘Waarop?’
‘Op de vragenlijst!’
‘Waarover?’
Meer lettergrepen uitspreken viel hem te zwaar.
‘De vragenlijst over het personeelsbestand die ik u een week of twee geleden heb toegestuurd! Het was urgent!’
‘Ingevuld en opgestuurd.’
‘Naar mij?!’
‘Ja.’
‘Wanneer dan?’
‘Zes dagen geleden.’
Een reusachtige leugen.
‘Heeft u er een kopie van gemaakt?’
‘Ja.’
‘Als ik hem hier niet kan vinden, laat ik het u onmiddellijk weten en stuurt u mij de kopie toe.’
‘Goed.’
Zijn hemd was drijfnat toen hij ophing.
‘Weet jij iets van een vragenlijst over het personeelsbestand die de hoofdcommissaris twee weken geleden zou hebben gestuurd?’
‘Ja, die heb ik aan u gegeven.’
‘Waar is dat ding dan verdomme gebleven? We moeten hem meteen vinden en invullen, want die man is in staat over een halfuur terug te bellen. Laten we gaan zoeken.’
‘Maar dat meisje zit in uw kantoor.’
‘Dan moet ik haar naar huis sturen.’
Het meisje zat in precies dezelfde houding als toen ze het kantoor waren uit gegaan, alsof ze in de tussentijd niet had bewogen.
‘Adriana, er zit helaas iets tegen. Zouden we vanmiddag kunnen afspreken?’
‘Ik moet om vijf uur alweer thuis zijn, want dan moet de verpleegster weg.’

'Morgenochtend dan misschien?'
'Dan is de begrafenis.'
'O, nou dan weet ik even niet hoe...'
'Ik nodig jullie uit voor de lunch, dan kunnen we verder praten. Als jullie tenminste akkoord gaan...'
'Dat is heel vriendelijk van u, maar vanwege Maria-Hemelvaart moet ik naar huis,' zei Fazio.
'Ik neem uw aanbod graag aan,' zei Montalbano. 'Waar gaan we heen?'
'Waar u wilt.'
Montalbano kon zijn oren niet geloven. Ze spraken om halftwee bij Enzo af.
'Wat een pittige meid,' mompelde Fazio terwijl ze naar buiten liep.

Toen ze alleen waren, doorzochten Montalbano en Fazio de hele kamer. De moed zonk hun in de schoenen: het bureau lag vol met paperassen en er lagen ook stapels papier op het kastje met de waterfles en de glazen, en zelfs op de kleine bank en de leunstoelen voor gasten.
Ze werkten zich in het zweet en deden er een goed halfuur over om de vragenlijst te vinden. En dat bleek nog niets in vergelijking met het invullen ervan.
Toen ze eindelijk klaar waren, was het één uur geweest. Fazio zei gedag en ging naar huis.
'Catarella!'
'Hier ben ik.'
'Maak een fotokopie van deze vier pagina's. Mocht er iemand namens de hoofdcommissaris over een vragenlijst bellen, stuur ze dan de kopie die je hebt gemaakt. Denk eraan: de kopie!'
'Zoals u ordert, chef.'
'Ga nu mijn kleren halen die je te drogen had gehangen, en zet dan de portieren van mijn auto open.'

Op de wc kleedde hij zich uit en merkte dat hij stonk. Waarschijnlijk kwam dat door het verdomde zoeken naar de vragenlijst. Hij waste zich grondig, kleedde zich aan, gaf zijn bezwete kleren weer aan Catarella om op de binnenplaats te drogen te hangen, en liep naar het kantoor van Augello. Hij wist dat Mimì ergens een flesje parfum had staan. Hij zocht ernaar en vond het. 'Irresistible' heette het. Hij draaide de dop eraf in de veronderstelling dat het flesje een verstuiver had, maar dat was niet zo en hij morste de halve inhoud over zijn hemd en broek. Wat nu? Zijn vuile kleren weer aandoen? Nee, het parfum zou in de buitenlucht wel vervliegen. En moest hij zijn ventilatortje meenemen of niet? Hij aarzelde, maar besloot toen van niet. In de ogen van Adriana zou hij belachelijk lijken met dat ventilatortje bij zijn gezicht, en ook nog eens geparfumeerd als een lellebel...

Ondanks het feit dat de portieren openstonden, was de auto zo heet als een oven. Toch had hij geen zin om naar Enzo te lopen en bovendien was hij veel te laat.

Voor de gesloten trattoria stond Adriana naast een Fiat Punto in de brandende zon. Hij was vergeten dat Enzo Maria-Hemelvaart vierde en zijn trattoria dus niet open deed.

'Het spijt me,' zei hij tegen het meisje.

Vlak bij de bar in Marinella was een trattoria waar hij nog nooit had gegeten. De tafeltjes buiten stonden in de schaduw, achter een heel dichte pergola. Ze waren er in tien minuten. Het was niet druk, ook al was het een feestdag, en ze konden het meest beschutte tafeltje uitkiezen.

'Heeft u dat parfum voor mij opgedaan?' vroeg Adriana ondeugend.

'Nee, voor mezelf. Ik heb het hele flesje over me heen laten vallen,' antwoordde hij mat.

Misschien had hij nog beter naar zweet kunnen stinken.

Ze bleven zwijgen tot de ober kwam en een waslijst gerechten begon op te sommen.

'We hebben spaghetti met tomatensaus, spaghetti met inktvisinkt, spaghetti met zee-egel, spaghetti met venusschelpen, spaghetti...'

'Voor mij met venusschelpen,' onderbrak Montalbano hem. 'En voor u?'

'Met zee-egel.'

'Als hoofdgerecht is er mul in een zoutkorst, goudbrasem uit de oven, zeebaars met een sausje, tarbot van de grill...'

'Vertelt u dat straks maar,' zei Montalbano.

De ober leek beledigd. Even later kwam hij terug met bestek, glazen, water en wijn. Wit en ijskoud.

'Wilt u?'

'Ja.'

Montalbano schonk haar een half glas in en zichzelf ook.

'Lekker,' zei zij.

'Waar waren we gebleven?'

'U vroeg of Spitaleri en Rina elkaar vaker hadden gezien en ik zei ja.'

'O ja. Wat heeft uw zus daarover verteld?'

'Dat Spitaleri haar sinds die dag met Ralf een beetje te veel op haar huid zat.'

'In welk opzicht?'

'Rina had het gevoel dat Spitaleri haar bespioneerde. Ze kwam hem wel heel vaak toevallig tegen. Als ze bijvoorbeeld met de bus naar het dorp ging, verscheen Spitaleri op de terugweg ineens uit het niets om haar een lift aan te bieden.'

'Ging Rina wel eens met hem mee?'

'Ja, soms.'

'Gedroeg Spitaleri zich netjes?'

'Ja. Tot een week ervoor.'

'Waarvoor?'

'Voor 12 oktober.'

'Wat gebeurde er toen?'

'Iets naars. Het was al donker, dus Rina accepteerde de lift. Zodra ze de onverharde weg naar Pizzo waren opgedraaid, ter hoogte van het huis waar die kerel woont die later is gearresteerd, zette Spitaleri de auto stil en werd handtastelijk. Zomaar ineens, zei Rina.'

'Wat deed uw zus toen?'

'Die begon zo hard te gillen dat die kerel uit zijn boerderij kwam rennen. Rina zocht haar toevlucht bij hem in huis en Spitaleri zag zich gedwongen te vertrekken.'

'Hoe is Rina toen thuis gekomen?'

'Te voet. Die kerel is met haar meegelopen.'

'Zei u dat ze hem hebben gearresteerd?'

'Ja, die arme man. Tijdens het onderzoek heeft de politie hem ook verhoord. Tot zijn grote pech, vonden ze bij hem thuis onder een kast een oorbel van mijn zus. Rina dacht dat ze die bij Spitaleri in de auto was verloren, maar dat was dus bij die kerel thuis geweest. Ik heb de politie verteld wat er met Spitaleri was voorgevallen, maar dat hielp geen fluit. U weet hoe de politie is.'

'Ja, dat weet ik.'

'Die arme man is maandenlang vervolgd.'

'Weet u of ze Spitaleri ook hebben verhoord?'

'Jazeker, maar die vertelde dat hij de ochtend van de twaalfde naar Bangkok was gevlogen. En dat hij het dus niet geweest kon zijn.'

De ober serveerde de spaghetti.

Adriana nam de eerste hap en zei toen: 'Lekker. Wilt u proeven?'

'Waarom niet?'

Montalbano draaide de spaghetti van haar bord op zijn vork. Niet te vergelijken met die van Enzo, maar redelijk goed te eten.

'Wilt u ook proeven?'

Adriana draaide die van Montalbano's bord op haar vork.

Ze spraken niet meer tot ze klaar waren met eten. Af en toe keken ze elkaar aan en glimlachten.

Er was iets vreemds gebeurd. Misschien had het vertrouwelijke gebaar de spaghetti van elkaars bord te eten een soort intimiteit tussen hen gecreëerd.

14

Ze waren al een poosje klaar met eten, maar hadden het gesprek nog niet hervat. Ze dronken *limoncello* en nu voelde Montalbano dat zij hem bekeek, zoals hij haar op het politiebureau had zitten bekijken.

Met die zeeblauwe ogen op hem gericht, was het niet makkelijk nonchalant te blijven en om zich een houding te geven stak hij een sigaret op.

'Mag ik er ook een?'

Hij gaf haar het pakje. Ze nam er een sigaret uit, stak die tussen haar lippen en om hem in het vlammetje van de aansteker te kunnen houden die de commissaris voor haar ophield, kwam ze iets overeind waarbij ze helemaal voorover boog.

Ze had je dochter kunnen zijn! bracht Montalbano zichzelf in herinnering.

Wat hij kon zien door de houding waarin het meisje stond, maakte hem duizelig. Onder zijn snor stond het zweet op zijn bovenlip.

Ze móest weten dat hij op die manier onvermijdelijk in haar blouse keek. Waarom deed ze het dan? Om hem uit te dagen? Adriana leek hem niet het type dat zich van dit soort trucs bediende.

Of dacht ze dat hij te oud was om naar vrouwen te kijken? Ja, dat moest het zijn.

Hij had geen tijd dat te betreuren, want plotseling legde het meisje, na twee trekjes van de sigaret te hebben genomen, haar hand op de zijne.

Aangezien Adriana er helemaal niet warm uitzag, maar juist zo fris als een roos, verwonderde de commissaris zich over het gloeiend hete contact. Was het misschien de som van twee warmtebronnen, hij en Adriana, die de temperatuur nog eens verhoogde? Hoe warm zou het bloed dat door haar aderen stroomde anders wel niet moeten zijn?

'Ze is verkracht, hè?'

Die vraag had Montalbano voortdurend verwacht, en gevreesd. Het goed geformuleerde antwoord dat hij had voorbereid, kon hij zich ineens niet meer herinneren.

'Nee.'

Waarom had hij dat gezegd? Wilde hij het licht van haar schoonheid niet plots zien uitdoven?

'U liegt.'

'Gelooft u me, Adriana, de autopsie heeft uitgewezen dat...'

'...dat ze maagd was?'

'Ja.'

'Dan is het nog erger.'

'Hoezo?'

'Dan was de verkrachting nog verschrikkelijker.'

De greep van haar hand, die nu in brand stond, werd sterker.

'Zullen we elkaar tutoyeren?' vroeg ze.

'Als u wilt... als je wilt...'

'Ik wil je iets vertellen.'

Ze liet zijn hand los, en plotseling kreeg hij het koud. Ze stond op, pakte haar stoel en zette die naast de zijne neer. Nu kon ze tenminste zachtjes praten, of zelfs fluisteren.

'Ze is verkracht, dat weet ik zeker. Toen we op het politiebureau waren, wilde ik het niet vertellen omdat Fazio erbij was. Maar met jou is het anders.'

'Je zei dat je een paar minuten voor de pijn aan je keel nog iets anders had gevoeld.'

'Ja, een gevoel van absolute, totale paniek. Een soort existentiële schok. Ik had nog nooit zoiets meegemaakt.'

'Probeer het eens uit te leggen.'

'In een flits zag ik het beeld van mijn zus in de spiegel van de kleerkast. Ze was doodsbang en volledig over haar toeren. Het volgende moment viel ik weg in een afschuwelijke duisternis. Om me heen voelde het glibberig, benauwd en vijandig. Het was een ruimte, nee, een antiruimte waar alle verschrikkingen en gruwelen mogelijk waren. Ik wilde schreeuwen, maar had geen stem, net als in een nachtmerrie. Een paar seconden lang was ik blind, doolde ik met mijn armen vooruit door de leegte, zonder de steun van mijn benen, en met mijn handen leunde ik tegen de muur om niet te vallen. Toen...'

Ze stopte. Montalbano sprak niet en bewoog niet. Alleen het zweet liep over zijn voorhoofd omlaag.

'Toen voelde ik me beroofd.'

'Hoezo beroofd?' vroeg de commissaris.

'Van mezelf. Het is moeilijk onder woorden te brengen. Wreed en gewelddadig nam iemand buiten mij om bezit van mijn lichaam, om het te krenken, te vernederen, te vernietigen, te reduceren tot een object, tot iets...'

Haar stem brak.

'Genoeg,' zei Montalbano.

Hij nam haar hand tussen de zijne.

Waarom huilde ze niet? Het blauw van haar ogen was donkerder geworden en het rimpeltje naast haar mond dieper, maar ze huilde niet.

Wat gaf haar die kracht, die innerlijke hardheid? Misschien het feit dat zij al vanaf het moment zelf van Rina's dood wist, terwijl haar ouders altijd waren blijven hopen dat hun dochter nog in leven was.

In al die jaren waren de pijn, het verdriet en de tranen een solide massa geworden, een onverteerbare klont die uit empathie met Rina niet meer wilde verdwijnen.

'Je zei dat je het beeld van je zus in de spiegel zag. Wat betekent dat?'

Ze glimlachte vaag.

'Dat is begonnen als een spelletje, toen we een jaar of vijf waren. We stonden voor de spiegel en praatten met elkaar, maar niet direct. We spraken tegen het spiegelbeeld van de ander. Toen we groot waren, zijn we daarmee doorgegaan. Als we elkaar iets ernstigs of geheims moesten vertellen, gingen we voor de spiegel staan.'

Ze legde heel even haar hoofd tegen Montalbano's schouder. Hij begreep dat ze niet op zoek was naar steun, maar naar verlichting van de intense moeheid die ze moest voelen nu ze met een vreemde over zoiets intiems had gesproken.

Toen stond ze resoluut op en keek op haar horloge.

'Het is halfvier. Zullen we gaan?'

'Zoals je wilt.'

Had ze niet gezegd dat ze pas om vijf uur thuis hoefde te zijn?

Licht teleurgesteld stond Montalbano op, en de ober kwam aangesneld met de rekening.

'Ik betaal,' zei Adriana.

En ze pakte geld uit de zak van haar spijkerbroek.

Op de parkeerplaats maakte ze echter geen aanstalten in haar eigen auto te stappen. Montalbano keek haar verbaasd aan.

'We gaan met de jouwe.'

'Waarheen?'

'Als je hebt begrepen wat ik je heb verteld, dan heb je ook begrepen waar ik nu naartoe wil, en hoef ik het niet te zeggen.'

Natuurlijk had hij dat begrepen. Hij had het zelfs uitstekend begrepen, maar hij gedroeg zich als een soldaat die ten strijde moest trekken.

'Vind je dat gepast?'

Ze gaf geen antwoord, keek hem alleen strak aan.

Montalbano realiseerde zich dat hij haar toch niets zou kunnen weigeren. Soldaten moeten ten strijde trekken, daar zit niets anders op. Bovendien stond de zon pal boven zijn hoofd en konden ze onmogelijk nog een minuut langer op de parkeerplaats blijven staan.

'Goed dan. Stap in.'

In de auto gaan zitten was als op een grill gaan liggen.

Montalbano miste zijn ventilatortje, het meisje draaide alle raampjes open.

Tijdens de rit had ze haar ogen gesloten en zat ze met haar hoofd naar achteren geleund.

Allerlei vragen kwelden de commissaris: was hij iets vreselijk stoms aan het doen? Waarom was hij akkoord gegaan? Alleen maar omdat hij niet in de volle zon op de parkeerplaats met haar in discussie had willen gaan? Was dat niet gewoon een smoesje geweest? De waarheid was dat hij het fijn vond om het meisje te helpen dat...

... je dochter had kunnen zijn! – viel zijn geweten hem in de rede.

Bemoei je er niet mee! – dacht hij. Ik dacht aan iets heel anders, namelijk dat het arme meisje al zes jaar een enorme last met zich mee draagt. Ze heeft exact gevoeld wat er met haar zus is gebeurd en vindt nu pas de kracht om erover te praten, om zich ervan te bevrijden. Daar heeft ze hulp bij nodig...

Hypocriet! Je bent nog erger dan Tommaseo – zei het stemmetje van zijn geweten.

Op het onverharde weggetje naar Pizzo deed Adriana haar ogen open.

En toen ze langs haar oude huis reden, zei ze: 'Stop even.'

Ze stapte niet uit, maar keek alleen even door het autoraampje.

'We zijn hier nooit meer terug geweest. Ik weet dat papa het huis af en toe laat schoonmaken, maar we hebben het nooit meer aangedurfd om hier de zomer door te brengen, zoals we vroeger deden. Rij maar door.'

Bij de villa deed het meisje het autoportier al open voor Montalbano goed en wel stilstond.

'Weet je het echt zeker, Adriana?'

'Ja.'

Hij liet de auto openstaan; de sleutels liet hij in het contact zitten. Er was toch geen ziel te bekennen.

Buiten pakte Adriana zijn hand, drukte er even haar lippen op en bleef hem stevig vasthouden. Hij bracht haar naar de kant van het huis waar de toegang tot het illegale appartement was. De technische recherche had twee houten planken neergelegd om de afdaling te vergemakkelijken. Voor het raam van de kleine badkamer hingen stroken gekleurd papier zoals die wel bij wegwerkzaamheden worden gebruikt. Aan de stroken hingen formulieren met stempels en handtekeningen erop, de verzegeling. De commissaris schoof alles opzij, stapte naar binnen en zei tegen het meisje dat ze even moest wachten. Hij knipte de zaklamp aan die hij had meegenomen en liep alle kamers door. Die paar minuten waren voldoende om te drijven van het zweet. Het voelde binnen zo vreselijk vochtig dat het vies was, en de zware, brakke lucht prikte in zijn keel en ogen.

Hij hielp het meisje over de vensterbank naar binnen te klimmen.

Zodra ze binnen was, pakte Adriana de zaklamp uit zijn hand en liep gedecideerd in de richting van de woonkamer.

Alsof ze er al eerder was geweest – dacht de commissaris verbluft terwijl hij achter haar aan liep.

Op de drempel van de woonkamer stond Adriana stil en liet het licht van de zaklamp over de muur, de ingepakte raamkozijnen en de kist schijnen. Het was alsof ze Montalbano was vergeten. Ze sprak niet, en ademde zwaar...

'Adriana...'

Het meisje hoorde hem niet, maar vervolgde haar afdaling naar de onderwereld.

Langzaam en onzeker liep ze de kamer in. Eerst een beetje naar links, naar de kist toe, en toen naar rechts. Ze deed nog drie stappen naar voren en stond toen stil.

Montalbano zag dat haar ogen gesloten waren. Ze zocht een bepaalde plek. Niet met haar gezichtsvermogen, maar met een ander, onbekend zintuig dat alleen zij bezat.

Links van de deur aangekomen, spreidde ze haar armen en leunde met haar handen tegen de muur.

Grote god! dacht Montalbano verbijsterd.

Keek hij naar een soort herhaling van wat er destijds was gebeurd? Was Adriana bezeten van Rina?

Plotseling viel de zaklamp op de grond, maar ging gelukkig niet uit.

Adriana stond precies op de plek waar de technische recherche de plas bloed had gevonden. Ze rilde hevig.

Dit kan niet waar zijn! dacht Montalbano.

Zijn gezonde verstand weigerde te geloven wat hij zag.

Toen klonk een verlammend geluid. Geen schreeuw, maar gehuil. Het gehuil van een dodelijk verwond dier. Langgerekt en laag. Het kwam uit Adriana.

Montalbano zette zich met een schok in beweging, pakte de zaklamp van de grond, greep het meisje bij haar schouders en wilde haar meetrekken. Ze bood weerstand, alsof haar handen aan de muur vastzaten. Dus wrong de commissaris zich tussen haar armen en de muur in en scheen met de zaklamp in haar gezicht, maar het meisje hield haar ogen stijf dicht.

Uit haar halfopen mond klonk nog steeds gehuil. En er droop een sliertje spuug uit. Geschrokken gaf hij haar met één hand twee flinke petsen, één op haar linker- en één op haar rechterwang.

Adriana opende haar ogen, keek hem aan en omhelsde hem met al haar kracht. Ze klemde haar lichaam tegen het zijne, duwde hem tegen de muur en kuste hem wild. Montalbano voelde de grond onder zijn voeten wegzakken en moest zich aan haar vasthouden om niet te vallen.

Toen liet het meisje hem los, draaide zich om, rende naar het badkamerraam en klom over de vensterbank. Montalbano holde achter haar aan, en had geen tijd om de verzegeling terug te hangen.

Adriana ging achter het stuur van Montalbano's auto zitten en startte de motor. De commissaris kon nog net op tijd aan de andere kant instappen.

Bij haar oude huis aangekomen stopte Adriana, stapte uit de auto, holde naar de deur en haalde de sleutel uit haar broekzak.

Ook Montalbano ging naar binnen. Wat moest hij doen? Ergens in de verte hoorde hij haar overgeven.

Hij ging weer naar buiten, en liep langzaam rond het huis. Het was volkomen stil. Of liever gezegd, op het geluid van duizenden krekels na was het volkomen stil. Ooit moest er achter het huis tarwe zijn verbouwd, want er stond nog een hoog opgetaste hooiberg.

Onder een verdorde struik was een mus druk in de weer in het zand, om zich bij gebrek aan water op die manier toch te wassen.

Hij had zin om hetzelfde te doen. Ook hij voelde de behoefte zich te verlossen van de viezigheid die zich in dat ondergrondse appartement op zijn huid had vastgezet.

Haast gedachteloos deed hij iets wat hij als jongetje altijd had gedaan. Hij trok zijn hemd, broek en onderbroek uit. Zijn blote lichaam liet hij door het hooi omsluiten.

Hij strekte zijn armen zo wijd mogelijk uit en omarmde het hooi, duwde zijn hoofd er zo diep mogelijk in. Met zijn hele gewicht wierp hij zich naar voren, en hij rolde naar links en naar rechts. Hij rook de droge, schone geur van het hooi op zijn lichaam. Hij ademde diep in, en nog dieper, net zo lang tot hij een geur waarnam die waarschijnlijk alleen maar in zijn verbeelding bestond: de geur van de zeewind, die de warrige hooiberg was binnengekomen en erin verstrikt was geraakt. De zeewind had een bittere nasmaak, als het ware verbrand door de verstikkende zomerhitte.

Plotseling stortte de halve berg in, en werd hij onder het hooi bedolven. Hij bleef onbeweeglijk liggen, terwijl hij voelde hoe de hooisprietjes zijn huid schoonmaakten.

Als jongetje had hij vaker zo in een hooiberg gelegen. Op een keer zocht zijn tante hem en hoorde hij haar roepen: 'Salvo! Waar ben je? Salvo!'

Maar dit was niet de stem van zijn tante, dit was Adriana die hem riep. Van heel dichtbij!

Hij voelde zich verloren. Ze mocht hem absoluut niet in zijn blootje zien. Wat had hem in godsnaam bezield? Was hij soms gek geworden? Kwam het door de hitte dat hij de ene stommiteit na de andere beging? Kon hij zich nog uit deze hachelijke situatie redden?

'Salvo? Waar ben je? Sal...'

Nu had ze waarschijnlijk zijn kleren op de grond zien liggen. Hij hoorde haar steeds dichterbij komen.

Nu had ze hem gevonden. Godallemachtig, wat een flater! Hij deed zijn ogen dicht, in de hoop onzichtbaar te worden. Hij hoorde haar onbedaarlijk lachen, en stelde zich voor hoe ze daarbij haar prachtige hoofd naar achteren gooide, zoals ze op het politiebureau had gedaan. Zijn hart bonsde harder en harder. Ja, waarom kreeg hij niet een hartinfarct? Dat zou de ideale oplossing zijn. Toen rook hij, sterker nog dan de geur van het hooi en de zeewind, de overweldigende geur van haar schone huid. Ze kwam net onder de douche vandaan. Het meisje moest zich een paar centimeter bij hem vandaan bevinden.

'Als je je hand uitsteekt, geef ik je je spullen aan,' zei Adriana.

Montalbano gehoorzaamde.

'Maak je geen zorgen, ik zal me omdraaien,' zei het meisje.

Ze bleef nog wel lachen, de hele, gênante aankleedpartij lang.

'Ik ben laat,' zei Adriana toen ze naar de auto liepen. 'Mag ik rijden?'

Ze had wel gezien dat Montalbano niet de aangewezen persoon was als het op hardrijden aankwam.

Tijdens de korte rit – ze stonden in een oogwenk weer op de parkeerplaats van de trattoria – lag haar rechterhand voortdurend op zijn knie, en reed ze alleen maar met links. Kwam het door haar rijgedrag of door de hitte dat de commissaris zich kapot zweette?

'Ben je getrouwd?'

'Nee.'

'Heb je een vriendin?'

'Ja, maar ze woont niet in Vigàta.'

'Waar woon jij?'

'In Marinella.'

'Geef me je telefoonnummer.'

Montalbano zei het, en zij herhaalde het.

'Dat onthoud ik wel.'

Ze waren er. De commissaris stapte uit. Zij ook. Ze stonden tegenover elkaar. Adriana legde haar handen om zijn middel en kuste hem zachtjes.

'Dankjewel,' zei ze.

De commissaris keek haar na, terwijl ze wegscheurde.

Hij besloot niet meer langs het politiebureau te gaan, maar direct naar Marinella. Het was bijna zes uur toen hij, in zijn zwembroek, de deur naar de veranda opendeed. Daar trof hij twee jongens en een meisje aan, van een jaar of twintig, die duidelijk al de hele dag op zijn veranda bivakkeerden: ze hadden er gegeten, gedronken en zich omgekleed om te gaan zwemmen. Op het strand zaten nog tientallen mensen van het laatste zonnetje te genieten.

Op het zand lagen stukjes papier, etensresten, lege doosjes en flessen, kortom, het was er een troep. En ook zijn veranda was een troep, overal lagen peuken van sigaretten en joints, lege bier- en colablikjes.

'Voor jullie weggaan, maken jullie de boel schoon,' zei hij terwijl hij het trappetje af liep naar de zee.

'Maak jij je reet maar schoon,' zei een van de jongens achter zijn rug.

De andere jongen en het meisje begonnen te lachen.

Hij had kunnen doen alsof hij niets had gehoord, maar hij draaide zich om en liep langzaam terug.

'Wie zei dat?'

'Ik,' zei de flinkste van de twee, een arrogant type.

'Kom dan eens naar beneden.'

Hij keek naar zijn vrienden.

'Ik reken wel even met die ouwe af.'

Uitbundig gelach.

De jongen ging wijdbeens voor hem staan, stak zijn hand uit en gaf hem een duw.

'Ga toch zwemmen, opa.'

Montalbano begon met een linkse, die de jongen ontweek, en eindigde met een rechtse, die de jongen vol in het gezicht raakte, zodat hij half buiten westen naar achteren plofte. Het was geen klap geweest, maar een dreun. Het gelach hield dan ook onmiddellijk op.

'Als ik terugkom, is het hier opgeruimd.'

Hij moest ver zwemmen om een beetje schoon water te vinden, want dicht bij de kust dreef er van alles in, van poep tot plastic bekertjes, een smeerboel.

Hij ging niet op zijn vertrouwde plek het water weer uit, maar zwom verder, evenwijdig aan de kustlijn, op zoek naar een plek met minder mensen, waar het water hopelijk wat minder smerig zou zijn. Daardoor moest hij wel een halfuur over het strand lopen voor hij weer thuis was.

De jongeren waren weg en de veranda was schoon.

Onder de douche, die warm was, dacht hij aan de dreun die hij de jongen had verkocht. Had hij nog zo veel kracht? Toen realiseerde hij zich dat het niet alleen kracht was geweest, maar ook een gewelddadige ontlading van alle spanning die hij op die Maria-Hemelvaart had opgebouwd.

15

's Avonds laat verliet iedereen eindelijk het strand: de gezinnen met hun huilende dan wel schreeuwende kinderen, de luidruchtige en dronken vriendengroepjes, de stelletjes die zo dicht tegen elkaar aan zaten dat er nog geen mes tussen had gekund, de mannen alleen, met mobieltjes aan hun oor, en de koppeltjes met radio's, cd-spelers en andere geluidsapparatuur op een heel hoog volume.

Zij vertrokken, maar hun afval bleef liggen.

Afval, dacht de commissaris, gaf aan dat de mens op een plek was geweest: er wordt gezegd dat het op de Mount Everest een troep is en dat zelfs de ruimte een vuilnisbelt is geworden.

Over tienduizend jaar zal alleen nog uit de ontdekking van enorme autokerkhoven blijken dat de mens op aarde heeft geleefd, dat zullen monumenten zijn van een voorbije beschaving (ahum).

Toen hij een poosje op de veranda zat, merkte hij dat de lucht stonk: het vuilnis op het strand was in het donker niet meer te zien, maar de stank van het snelle bederf door de zomerhitte was nog wel te ruiken.

Buiten zitten was dus geen optie. Binnen zitten ook niet, want met de ramen dicht tegen de vieze lucht zou de hitte van die dag nooit uit huis verdwijnen.

Dus kleedde hij zich aan, stapte in de auto en reed naar Pizzo. Bij de villa stopte hij, stapte uit en liep naar de trap die naar het strand voerde.

Op de bovenste trede ging hij zitten en stak een sigaret op. Zoals hij had vermoed, zat hij daar hoog genoeg om verschoond te blijven van de rotte afvallucht die ook daar op het strand moest hangen.

Hij probeerde Adriana uit zijn gedachten te bannen, maar dat lukte niet.

Twee uur lang bleef hij zitten en toen hij weer opstond om terug te gaan naar Marinella, was hij tot de conclusie gekomen dat hoe minder hij het meisje zag, hoe beter het was.

'Wat zei signorina Adriana gisteren?' vroeg Fazio.

'Ze bevestigde wat Dipasquale al had verteld over Ralf, die Rina had lastiggevallen, en Spitaleri, die haar had gered. Weet je nog?'

'Ja, natuurlijk.'

De commissaris vertelde hem het hele verhaal: dat Spitaleri sindsdien steeds bij Rina in de buurt was opgedoken, dat hij handtastelijk was geworden in de auto en dat het meisje het vege lijf had weten te redden omdat die kerel was verschenen. En hij vertelde ook hoe moeilijk die arme man het had gehad, omdat er een oorbel van Rina in zijn huis was gevonden, maar dat hij uiteindelijk niets met het misdrijf te maken bleek te hebben.

Hij vertelde hem niet dat hij met Adriana naar de villa in Pizzo was geweest en wat er daarbinnen was gebeurd.

'Kortom,' zei Fazio, 'we hebben niets in handen. Ralf kan het niet geweest zijn, want die was impotent, Spitaleri ook niet, want die was in het buitenland, Dipasquale heeft een alibi...'

'De positie van Dipasquale is het zwakst van allemaal,' zei de commissaris. 'Zijn alibi kan verzonnen zijn.'

'Klopt, maar probeer dat maar eens te bewijzen.'

'Chef, hier hangt Tommaseo.'
'Geef hem maar.'
'Montalbano? Ik heb een besluit genomen.'
En dat moest hij aanhoren?
'Waarover?'
'Ik doe het.'
'Wat?'
'Een persconferentie.'
'Waarom?'
'Daarom, Montalbano, daarom!'
De ware reden was dat Tommaseo dolgraag op de televisie kwam.
'De pers begint vragen te stellen,' ging de officier van justitie verder. 'Ik wil niet het risico lopen dat ze een vertekend beeld gaan geven van de totale stand van zaken.'
Welke totale stand van zaken?
'Dat zou inderdaad een risico zijn.'
'Vindt u ook niet?'
'Weet u al wanneer?'
'Ja, morgenochtend om elf uur. Komt u ook?'
'Nee. Wat gaat u zeggen?'
'Ik zal over het misdrijf spreken.'
'Gaat u zeggen dat ze verkracht is?'
'Daar zal ik zijdelings naar verwijzen.'
Tja... Alsof de pers zoiets als een verwijzing nodig had, hoe zijdelings ook, om daar lucht van te krijgen en zich erop te storten.
'En als u wordt gevraagd naar de identiteit van de dader?'
'Tja, dan is uiterste behoedzaamheid vereist.'
'Waarover u beschikt.'
'Nou ja, in alle bescheidenheid... Ik zal zeggen dat er twee sporen zijn: het ene leidt naar de bouwvakker die een alibi heeft dat moet worden nagetrokken en het andere is dat van een maniak op doorreis die het meisje heeft ge-

dwongen met hem het illegale appartement in te gaan. Bent u het met me eens?'

'Absoluut.'

Een maniak op doorreis! En hoe kon die maniak op doorreis weten van het illegale appartement als de bouwplaats was afgesloten?

'Voor vanmiddag heb ik Adriana Morreale ontboden,' zei Tommaseo. 'Ik wil haar heel lang verhoren, haar laatste weerstand breken, haar diepste kern bereiken. Ik wil haar ziel blootleggen.'

Zijn stem klonk helemaal vervormd. Montalbano was bang dat hij zou gaan hijgen of kreunen, als in een pornofilm.

Het was inmiddels een gewoonte geworden. Voor hij naar Enzo's trattoria ging, kleedde hij zich om en gaf hij zijn bezwete kleren aan Catarella. Na de lunch – hij had maar weinig gegeten, want hij had geen trek gehad – bekroop hem een gevoel van lusteloosheid. Hij reed naar Marinella.

Een wonder! Vier vuilnismannen waren het strand aan het schoonmaken! En ze waren bijna klaar! Hij trok zijn zwembroek aan en sprong op zoek naar verkoeling in zee. Daarna ging hij een uurtje slapen.

Om vier uur was hij weer op het politiebureau, maar hij had nergens zin in.

'Catarella!'

'Tot uw dienst, chef.'

'Voor je iemand mijn kamer binnenlaat, moet je mij eerst waarschuwen, begrepen?'

'Ja, chef.'

'O, en zeg eens, hebben ze nog uit Montelusa gebeld over dat vragenformulier?'

'Ja, chef, ik heb het opgestuurd.'

Hij deed de deur van zijn kantoor op slot, kleedde zich tot op zijn onderbroek uit, gooide de stapels papier van de leunstoel op de grond, zette die stoel dicht bij het ventilatortje zodat de lucht over zijn borst zou strijken en ging zitten, hopend dat hij de hitte zou overleven.

Een uur later ging de telefoon.

'Chef, iemand van de ficus die Laganà heet.'

'Verbind maar door.'

'Ik kan hem niet doorverbinden aangezien de eerdergenoemde zich hoogstpersoonlijk op het bureau bevindt.'

O god, hij was zo goed als naakt!

'Zeg maar dat ik aan de telefoon zit, en laat hem over vijf minuten mijn kantoor binnen.'

Snel kleedde hij zich aan. Zijn kleren leken pas gestreken, zo warm waren ze. Hij deed de deur open en liep Laganà tegemoet. In zijn kamer bood hij hem een stoel aan en deed de deur weer dicht. Hij vond het gênant om te zien dat Laganà een uniform droeg dat net uit de wasserette leek te komen.

'Wilt u iets drinken, inspecteur?'

'Nee, commissaris, alles wat ik drink, zweet ik meteen weer uit.'

'Waarom heeft u de moeite genomen hiernaartoe te komen? U had kunnen bellen...'

'Vandaag de dag kunnen bepaalde dingen niet meer over de telefoon worden besproken, commissaris.'

'Misschien zijn briefjes met een boodschap beter.'

'Ook die kunnen worden onderschept. Een gesprek onder vier ogen is het beste, het liefst op een veilige plek.'

'Hier zou het veilig moeten zijn.'

'Laten we het hopen.'

Hij tastte in de zak van zijn uniform, haalde er een in vieren gevouwen vel papier uit en gaf het aan Montalbano.

'Ging het u hierom?'

De commissaris ontvouwde het en keek ernaar.

Het was de bestelbon voor de valbeveiliging van de firma Ribaudo, gedateerd 27 juli en ondertekend voor ontvangst op de bouwplaats van Spitaleri in Montelusa door Filiberto Attanasio, de bewaker.

Montalbano's hart maakte een sprongetje.

'Dit is precies wat ik zocht. Dank u vriendelijk. Hebben ze het gemerkt?'

'Ik geloof het niet. Vanochtend hebben we twee archiefkasten met documenten doorzocht. Zodra ik de bestelbon tegenkwam, heb ik hem laten kopiëren en hiernaartoe gebracht.'

'Ik weet niet hoe ik u moet bedanken.'

Inspecteur Laganà stond op. Montalbano ook.

'Ik loop met u mee.'

Bij de ingang van het politiebureau, terwijl ze elkaar de hand schudden, zei Laganà glimlachend: 'Ik hoef u niet te zeggen dat u aan niemand moet vertellen hoe u aan dat document bent gekomen.'

'U zou me beledigen, inspecteur.'

Laganà aarzelde even, werd toen ernstig en voegde er zachtjes aan toe: 'Pas op voor Spitaleri.'

'Federico? Met Montalbano.'

Commissaris Lozupone leek oprecht blij hem te horen.

'Salvo! Wat leuk! Hoe gaat het met je?'

'Goed. En met jou?'

'Ook goed. Kan ik iets voor je doen?'

'Ik wil je spreken.'

'Ga je gang.'

'Niet aan de telefoon.'

'Is het dringend?'

'Best wel.'

'Ik ben hier nog zeker tot een uur of...'
'Liever niet op kantoor.'
'O. We kunnen bij Cafè Marino afspreken om...'
'En ook niet op een openbare plek.'
'Je maakt me bang, Salvo. Waar dan?'
'Of bij jou thuis of bij mij.'
'Ik heb een nieuwsgierige vrouw.'
'Kom dan naar mij in Marinella, je weet waar het is. Om tien uur vanavond. Komt dat uit?'

Om acht uur, terwijl hij het kantoor uit liep, belde Tommaseo. Zijn stem klonk teleurgesteld.
'Ik wilde u vragen mij iets te bevestigen.'
'Dat doe ik.'
'Sorry, Montalbano, maar wat doet u?'
'U vraagt mij iets te bevestigen en ik ben bereid dat te doen.'
'Ook als u niet weet waar het om gaat?'
'O, ik snap het al, u wilt niet dat ik iets in het algemeen bevestig, maar iets in het bijzonder.'
'Dat dacht ik wel, ja!'
Soms vond hij het leuk om Tommaseo voor de gek te houden.
'Waar gaat het dan om?'
'Nou Adriana, die vandaag trouwens nog mooier was dan de vorige keer... Geen idee hoe ze dat voor elkaar krijgt. Ze is een toonbeeld van pure vrouwelijkheid. Wat ze ook zegt, wat ze ook doet, ze is gewoonweg betoverend en... nou ja, laat ook maar zitten, waar had ik het over?'
'Dat ze betoverend is.'
'Mijn god, nee, dat terzijde. O ja, Adriana heeft me verteld dat haar zus destijds, gelukkig zonder ernstige gevolgen, werd lastiggevallen door een jonge Duitser die later is omgekomen bij een treinramp in Duitsland. Deze nieuwe

informatie zal ik op de persconferentie openbaar maken.'

Een treinramp? Wat had Tommaseo in godsnaam begrepen?

'Hoe ik haar ook onder druk zette, meer kon of wilde ze me niet vertellen. Ze bleef maar volhouden dat het geen zin had om haar te verhoren, omdat ze geen vertrouwensband had gehad met haar tweelingzus en voegde daaraan toe dat zij en Rina dikwijls zo'n ruzie maakten, dat haar ouders er alles aan deden om ze bij elkaar uit de buurt te houden. Daarom was ze de dag dat Rina werd vermoord ook niet in Vigàta. Nu wilde ik u vragen, aangezien het meisje me vertelde dat u haar gisterochtend ook heeft verhoord, of ze u ook heeft gezegd dat ze niet met haar zus kon opschieten.'

'Jazeker. Volgens haar verklaring raakten ze zelfs twee of drie keer per dag slaags.'

'Dus het heeft geen zin haar nog eens te laten komen?'

'Ik denk het niet, nee.'

Kennelijk had Adriana dit leugentje verzonnen omdat ze schoon genoeg had van Tommaseo, en rekende ze op zijn medewerking.

Tegen negenen die avond belde Adriana naar Marinella.

'Kan ik over een uurtje bij je langskomen?'

'Het spijt me, maar ik heb een afspraak.'

Wat zou hij geantwoord hebben als hij die niet had gehad?

'Jammer. Ik wilde profiteren van de aanwezigheid van mijn oom en tante uit Milaan, weet je wel, over wie ik je heb verteld, ze woonden destijds in Montelusa.'

'Ja, dat weet ik nog.'

'Ze zijn hier voor de begrafenis.'

Daar had hij helemaal niet meer aan gedacht.

'Wanneer is die eigenlijk?'

'Morgenochtend. Ze gaan meteen daarna weer naar huis. Maak voor morgenavond geen afspraken, ik hoop dat mijn vriendin de verpleegkundige kan komen.'

'Adriana, met mijn werk kan ik nooit...'

'Probeer te doen wat je kan. O, vandaag heeft Tommaseo me trouwens laten komen. Hij zat kwijlend naar mijn borsten te kijken. En dan te bedenken dat ik voor de gelegenheid nog wel een gepantserde bh had aangetrokken. Ik heb iets moeten verzinnen om voor eens en voor altijd van hem af te zijn.'

'Ik weet het. Hij belde mij om te vragen of het klopte dat jij en Rina elkaar niet konden uitstaan.'

'En wat heb je gezegd?'

'Ik heb het bevestigd.'

'Daar twijfelde ik niet aan. Ik hou van je. Tot morgen.'

Hij rende onder de douche voor Lozupone zou komen. Die vier woorden, ik hou van je, hadden hem ter plekke doen baden in het zweet.

Federico Lozupone was een stevige vent, vijf jaar jonger dan Montalbano. Er werd niet over hem geroddeld, hij was een eerlijk en plichtsgetrouw man. Dus moest Montalbano zijn woorden zorgvuldig kiezen. Hij bood hem een whisky aan, en een stoel op de veranda. Gelukkig was er een beetje wind opgestoken.

'Zeg het eens, Salvo. Wat heb je me te vertellen?'

'De zaak ligt erg gevoelig, en voor ik stappen onderneem, wil ik er met jou over praten.'

'Ga je gang.'

'Sinds een paar dagen houd ik me bezig met de moord op een meisje...'

'Daar heb ik over gehoord.'

'In dat verband heb ik Spitaleri verhoord, een dubieuze projectontwikkelaar, die jij ook kent.'

Lozupone viel uit.

'Wat bedoel je daarmee? Ik ken hem alleen maar omdat ik een ongeluk met dodelijke afloop heb onderzocht van een bouwvakker op een locatie van hem in Montelusa.'

'Precies. Over dat onderzoek wil ik meer weten. Tot welke conclusie ben je gekomen?'

'Dat heb ik toch net gezegd? Dood door ongeluk. Toen ik de bouwplaats bezocht, voldeed die aan alle veiligheidsregels. Na vijf dagen gedwongen sluiting, heb ik hem laten heropenen. Officier van justitie Laurentano heeft me ertoe aangespoord het snel af te handelen.'

'Wanneer ben je gebeld?'

'Maandagochtend, toen het lichaam van de bouwvakker net was ontdekt. En ik herhaal, de valbeveiliging zat op zijn plaats. De enig mogelijke conclusie was, dat de Noord-Afrikaan, die een beetje te veel had gedronken, over de reling is geklommen en is gevallen. Bovendien wees de autopsie uit, dat er meer wijn dan bloed door zijn aderen stroomde.'

Daar schrok Montalbano van, maar hij liet niets blijken. Als het inderdaad was gegaan zoals Lozupone zei, en zoals Spitaleri ook had beweerd, waarom had Filiberto dan een ander verhaal opgehangen? En toonde de bestelbon van Ribaudo niet aan dat de bewaker de waarheid had gesproken? Misschien moest hij Lozupone nu maar vertellen hoe hij, Montalbano, erover dacht.

'Federì, heb je je niet afgevraagd of er toen de bouwvakker viel op de steiger misschien helemaal geen valbeveiliging zat, maar dat die in de loop van de zondag is aangebracht? Zodat maandagochtend alles in orde was, toen jij arriveerde?'

Lozupone schonk nog een whisky in.

'Natuurlijk heb ik me dat afgevraagd,' zei hij.

'En wat heb je toen gedaan?'

‘Wat jij ook gedaan zou hebben.’

‘Namelijk?’

‘Ik heb Spitaleri gevraagd van welk bedrijf hij het materiaal voor de steigers afnam. Volgens hem was dat Ribaudo. Die naam heb ik aan Laurentano doorgegeven. Ik wilde dat hij Ribaudo zou verhoren, of mij dat zou laten doen, maar dat wilde hij niet, voor hem was het onderzoek afgelopen.’

‘Het bewijs dat jij zocht, heb ik nu in handen gekregen. Spitaleri heeft het materiaal inderdaad pas zondag laten bezorgen, bij zonsopgang, en met hulp van de opzichter Dipasquale en de bewaker Attanasio gemonteerd.’

‘En wat wil je met dat bewijs doen?’

‘Aan jou of Laurentano geven.’

‘Laat eens zien.’

Montalbano gaf hem de bestelbon. Lozupone keek ernaar en gaf hem terug.

‘Dit bewijst niets.’

‘Heb je de datum dan niet gezien? 27 juli was een zondag!’

‘Weet je wat Laurentano zal zeggen? Ten eerste dat het gezien de intensieve werkrelatie tussen Spitaleri en Ribaudo niet de eerste keer geweest zal zijn dat Ribaudo op een vrije dag materiaal aan Spitaleri leverde. Ten tweede dat ze het materiaal nodig hadden, omdat ze maandagochtend hadden zullen beginnen aan de hogere verdiepingen van het gebouw. En ten derde, commissaris Montalbano, legt u mij maar eens uit hoe u in het bezit bent gekomen van dit document. Met andere woorden, Spitaleri zal de dans ontspringen en jij, plus degene die je dit document heeft bezorgd, krijgen de wind van voren.’

‘Voor wie werkt Laurentano eigenlijk?’

‘Kom op, zeg! Laurentano wil gewoon carrière maken. En dan luidt de eerste regel: geen slapende honden wakker maken.’

Montalbano was zo boos dat hem ontglipte: 'En wat denkt jouw schoonvader ervan?'

'Lattes? Hou je in, Salvo. Niet persoonlijk worden. Mijn schoonvader heeft inderdaad bepaalde politieke belangen, dat is waar, maar over dit gedoe met Spitaleri heeft hij nooit wat tegen me gezegd.'

Waarom was niet helemaal duidelijk, maar Montalbano nam genoegen met het antwoord.

'Dus jij geeft je over?'

'Wat zou ik volgens jou dan moeten doen? Als een Don Quichot tegen de windmolens vechten?'

'Spitaleri is geen windmolen.'

'Laten we eerlijk zijn, Montalbà. Weet je waarom Laurentano mij niet met het onderzoek wil laten doorgaan? Omdat hij Spitaleri met diens politieke connecties aan de ene kant van zijn persoonlijke weegschaal heeft gelegd, en aan de andere kant het lijk van een anonieme Noord-Afrikaan. En naar welke kant slaat de weegschaal door? Aan de dood van de Noord-Afrikaan heeft één krant drie regels gewijd. Wat zou er daarentegen gebeuren als hij Spitaleri zou vervolgen? Een waterval van televisie, radio, kranten, Kamervragen, druk, chantage... En nou de volgende vraag: hoeveel mensen, bij ons en in het justitiële apparaat, hebben op hun kantoor dezelfde weegschaal staan als Laurentano?'

16

Hij was zo kwaad dat hij op de veranda bleef zitten en de hele fles whisky leegdronk. Als hij dan niet dronken werd, zou hij in ieder geval slaperig genoeg worden om naar bed te kunnen gaan.

Als hij er goed over nadacht, op een redelijke manier, en niet te enthousiast of te overhaast, had Lozupone eigenlijk gelijk: hij zou Spitaleri nooit te pakken kunnen krijgen met het bewijsmateriaal dat hij in handen had.

Zelfs als Laurentano de moed vond om door te gaan, zelfs als een van zijn collega's hem zou dagvaarden, dan zou willekeurig welke advocaat tijdens het proces het bewijs in een oogwenk onderuithalen. Maar was het echt omdat het bewijs niet overtuigend genoeg was dat Spitaleri aan een veroordeling zou ontsnappen?

Of was het omdat er in het huidige Italië, waarin de wetgeving steeds meer bescherming bood aan de schuldige, gewoon de wil ontbrak iemand die een misdrijf had gepleegd naar de gevangenis te sturen?

En waarom, vroeg hij zich af, had hij toch zo'n zin om de aannemer te pakken te nemen?

Vanwege de illegale bouwactiviteit? Kom nou, dan had hij iets tegen de halve Siciliaanse bevolking moeten hebben. Er werd op het eiland tenslotte meer illegaal gebouwd dan legaal.

Vanwege een dode op de bouwplaats? Hoeveel zogenaamde ongelukken gebeurden er wel niet op het werk die eigenlijk helemaal geen ongelukken waren, maar regelrechte moorden, gepleegd door de werkgever?

Nee, het kwam door iets anders.

Iets wat Fazio hem had verteld, namelijk dat Spitaleri van minderjarigen hield, en zijn eigen vermoeden dat hij ook wel een sekstoerist zou zijn, deden een felle afkeer in hem opvlammen.

Hij walgde van die types die zich per vliegtuig van het ene continent naar het andere verplaatsten om op de meest verachtelijke manier misbruik te maken van armoede, en van materiële en morele ellende.

Ook al woont zo iemand in eigen land in een luxe villa, reist hij eersteklas, logeert hij in tiensterrenhotels en eet hij in restaurants waar een gebakken ei honderdduizend euro kost, in wezen blijft hij een ellendige zielenpoot, een grotere zielenpoot dan iemand die niet uit honger maar voor de lol het offergeld pikt uit de kerk of twaalfuurtjes jat van kleine jongetjes.

En dat soort types is zonder meer in staat tot de meest smerige en verwerpelijke daden.

Een paar uur later begonnen zijn ogen eindelijk dicht te vallen. In zijn glas zat nog een laatste slok whisky. Hij goot het achterover en verslikte zich. Terwijl hij moest hoesten schoot hem iets te binnen wat Lozupone hem had verteld.

Namelijk dat de autopsie had bevestigd dat de Noord-Afrikaan te veel had gedronken en daarom gevallen was.

Dan was er nog een andere hypothese mogelijk.

Namelijk dat de val van de Noord-Afrikaan niet dodelijk was geweest. Dat hij daar op sterven had gelegen, maar nog had kunnen slikken. Spitaleri, Dipasquale en Filiberto zouden de man in deze situatie hebben kunnen dwingen heel veel wijn te drinken. En hem daarna alleen hebben kunnen achterlaten om te sterven.

Ze waren ertoe in staat, en het idee moest zijn gekomen

van degene die er het meest toe in staat was, Spitaleri. Als het gegaan was zoals hij zich het nu voorstelde, dan was niet alleen hijzelf verslagen, maar ook de rechtvaardigheid zelf, of sterker nog, de hele idee van rechtvaardigheid.

Die nacht deed hij geen oog dicht. De woede in zijn lichaam verdubbelde de hitte nog eens. Hij lag zo te zweten dat hij om vier uur 's nachts opstond om de lakens van het bed te verschonen. Vergeefs, want een halfuur later waren ze weer net zo nat als daarvoor.

Van de zenuwen en de hitte bleef hij maar liggen woelen, en om acht uur hield hij het niet langer uit in bed.

Hij bedacht dat het Livia, op een boot, op open zee, stukken beter moest vergaan. Dus belde hij haar op haar mobiel. Een bandje met een vrouwenstem liet hem weten dat het toestel van de persoon die hij probeerde te bereiken uitgeschakeld was en dat hij het later nog eens kon proberen.

Natuurlijk, op dat uur lag mevrouw vast nog te slapen of had ze het te druk met haar lieve neef Massimiliano te helpen de boot te besturen! Zijn bloed begon te koken.

Om rust te vinden liep hij van de veranda het strand op. Het zand was al gloeiend heet, hij brandde bijna zijn voeten. Hij zwom lang en ver, op open zee was het water nog fris. Maar de verkoeling duurde maar kort: eenmaal thuis was hij alweer opgedroogd.

Waarom zou hij eigenlijk naar het politiebureau gaan? vroeg hij zich af.

Hij had niet veel te doen. Hij had eigenlijk helemaal niets te doen. Tommaseo hield zich met de persconferentie bezig, Adriana was op de begrafenis van haar zus, de hoofdcommissaris was waarschijnlijk druk doende de antwoorden te lezen op de vragenformulieren die hij naar de verschillende bureaus had gestuurd. En zelf had hij alleen maar zin om buiten rond te hangen.

'Catarella?'
'Ja, chef?'
'Geef me Fazio even.'
'Alleronmiddellijkst.'
'Fazio? Ik kom vanochtend niet.'
'Voelt u zich niet lekker?'
'Ik voel me nu nog prima, maar ik denk dat ik me meteen minder lekker zou voelen als ik naar het bureau kwam.'
'U heeft gelijk, chef. De hitte is verstikkend. Iedereen heeft het hier benauwd.'
'Ik kom vanmiddag rond een uur of zes.'
'Goed. O, chef, mag ik uw ventilatortje lenen?'
'Pas op dat je hem niet kapotmaakt.'

Een halfuur later reed hij over het weggetje naar Pizzo en stopte voor het boerderijtje waar die norse kerel woonde. Hij stapte uit en liep naar het huis toe. De deur stond open.
'Is er iemand thuis?'
De man wiens pot Gallo had stuk gereden, keek door een raampje dat pal boven de deur zat naar beneden. Uit zijn blik maakte Montalbano op dat de kerel hem niet had herkend.
'Wat wilt u?'
Als hij zei dat hij van de politie was, liet de man hem vast en zeker niet binnen.
Het gekakel van kippen dat achter het huis vandaan kwam, schoot hem te hulp. Hij deed een gok.
'Heeft u verse eieren?'
'Hoeveel wilt u er hebben?'
Hij zou wel geen groot kippenhok hebben.
'Een half dozijn is genoeg.'
'Komt u binnen.'
Montalbano stapte een kaal vertrek binnen, dat keuken en woonkamer in één was. Er stonden een tafel, twee stoelen en een servieskast. Tegen een muur stond een kookstel

met gasfles en daarnaast was een marmeren blad waar bestek, glazen, borden en pannen op lagen. Het was eenvoudig keukengerei, aangevreten door het gebruik en de tand des tijds. Aan de muur ertegenover hing een jachtgeweer.

De kerel kwam een houten trap af lopen, die naar de slaapkamer, daarboven, moest leiden.

'Ik ga ze even halen.'

Hij liep naar buiten. De commissaris ging op een stoel zitten.

De man kwam terug met in iedere hand drie eieren. Hij deed twee stappen naar de tafel toe, maar stond toen stil. Hij staarde Montalbano aan en de kleur trok weg uit zijn gezicht.

'Wat is er?' vroeg de commissaris terwijl hij opstond.

'Aaaaaah!' brulde de kerel.

Met volle kracht slingerde hij de drie eieren uit zijn rechterhand naar Montalbano's hoofd. Ondanks de verrassing kon de commissaris er twee ontwijken, maar het derde raakte hem vol tegen zijn linkerschouder en de inhoud liep over zijn hemd.

'Ik heb je herkend, vuile smeris!'

'Luister nou...'

'Nog steeds datzelfde gezeik? Nog steeds?!'

'Nee, ik kom voor...'

De andere drie eieren raakten hem tegen zijn voorhoofd en zijn borst.

Montalbano zag niets meer. Hij veegde zijn ogen af met zijn zakdoek en toen hij weer tussen zijn plakkerige wimpers kon doorkijken, zag hij dat de kerel het jachtgeweer in handen had en op hem gericht hield.

'Mijn huis uit, rotsmeris!'

Hij vluchtte naar buiten.

Zijn collega's moesten het die arme man wel heel moeilijk hebben gemaakt!

De vlekken waren zo uitgelopen, dat zijn hemd van voren een andere kleur leek te hebben dan van achteren.

Hij moest terug naar Marinella om zich te verkleden. Daar trof hij Adelina aan, die de vloer aan het dweilen was.

'Bent u met eieren bekogeld, commissaris?'

'Ja, door een arme stakker. Ik kleed me even om.'

Hij waste zich en trok een schoon hemd aan.

'Dag, Adelì.'

'Commissaris, morgen kan ik niet komen.'

'Waarom niet?'

'Ik ga mijn oudste zoon bezoeken in de gevangenis van Montelusa.'

'En je jongste zoon?'

'Die zit ook vast, maar dan in Palermo.'

Adelina had twee zonen, allebei criminelen die de gevangenis voortdurend in en uit gingen.

Montalbano had hen zelf ook wel eens moeten oppakken, maar ze waren altijd aan hem gehecht gebleven. Hij was zelfs peetvader geweest bij de doop van het zoontje van een van hen.

'Doe hem de groeten van me.'

'Zal ik doen. Ik zal vandaag wat extra's klaarmaken, omdat ik er morgen niet ben.'

'Maak maar koude dingen, die blijven langer goed.'

Hij ging weer op weg naar Pizzo, dit keer had hij zijn zwembroek bij zich.

Hij reed hard langs het boerderijtje, bang dat de kerel op hem zou schieten, toen langs het huis van Adriana, waarvan de ramen en deuren gesloten waren, en arriveerde bij de kleine villa.

Hij had de sleutel, dus ging hij naar binnen, trok zijn kleren uit en zijn zwembroek aan. Toen ging hij weer naar buiten, en liep het trappetje af naar het strand. De weinige badgasten die er nog waren, spraken voor het grootste deel buitenlands. Voor Sicilianen was het zomerseizoen na Maria-Hemelvaart voorbij, al was het nu nog warmer dan daarvoor.

Sinds Montalbano er voor het eerst had gezwommen, toen hij er met Callara was geweest, was het water er in zijn herinnering verkwikkend en schoon. Hij liep de zee in en begon te zwemmen. Hij bleef net zo lang in het water tot de huid van zijn vingertoppen gerimpeld was, een teken dat het tijd was om eruit te gaan.

Hij was van plan om koud te douchen en dan terug te rijden naar Marinella om Adelina's goddelijke gerechten te eten, maar na de klim naar boven onder de felle zon had hij geen puf meer. Eenmaal binnen ging hij direct op bed liggen.

Het was halfdrie toen hij zijn ogen dichtdeed en bijna vijf uur toen hij weer wakker werd. Op het matras tekende zich een vochtige afdruk van zijn lichaam af.

Hij bleef net zo lang onder de douche staan tot het water op was, maar hij voelde zich niet bezwaard, want het huis was toch onbewoond.

Toen hij naar buiten stapte om naar het politiebureau te gaan, zag hij dat er nog een auto voor de villa geparkeerd stond. Hij meende de auto al eens eerder te hebben gezien, maar kon zich niet herinneren waar of wanneer. De auto was leeg. Misschien was hij van mensen die naar het strand waren gegaan.

Toen zag hij dat er in het stopcontact naast de deur een stekker was gestoken, die vastzat aan een snoer dat om de hoek van het huis verdween. Hoogstwaarschijnlijk om het illegale appartement te verlichten.

Wie kon dat nou zijn? De technische recherche in ieder geval niet. Hij dacht aan een journalist die stiekem foto's aan het maken was van de 'plaats van het gruwelijke delict' en werd onmiddellijk door een felle woede besprongen.

Hoe durfden ze, die smerige hyena's?

Hij rende naar zijn auto, pakte zijn wapen uit het dashboardkastje en stak dat achter de riem van zijn broek. Het elektrische snoer liep om de hoek verder langs de muur, over de planken heen en verdween in het raam dat de toegang vormde tot het illegale appartement.

Zachtjes stapte hij over de vensterbank de badkamer binnen. Voorzichtig stak hij zijn hoofd om het hoekje en zag dat de woonkamer was verlicht.

Die klotefotograaf maakte vast voor een primeur foto's van de kist waar het lijk in had gelegen!

Ik zal je een primeur bezorgen! dacht de commissaris, en deed toen twee dingen tegelijk.

Ten eerste rende hij schreeuwend naar de woonkamer: 'Handen omhoog!'

Ten tweede trok hij zijn pistool en schoot in de lucht.

Hetzij omdat de kamers leeg waren en daardoor weergalmden, hetzij omdat het appartement helemaal zat ingepakt in nylon, hoe dan ook, het schot gaf een enorme knal. Het deed nauwelijks onder voor de explosie van een flinke bom.

De eerste die ervan schrok was Montalbano zelf. Hij had het gevoel alsof het pistool in zijn hand was ontploft. Volledig verdoofd door de knal stapte hij de woonkamer binnen.

De fotograaf had van schrik zijn fototoestel op de grond laten vallen en zat lijkbleek op zijn knieën te bibberen met zijn handen omhoog en zijn voorhoofd op de vloer. Hij leek wel een biddende moslim.

'Politie! Ik ben commissaris Montalbano!' zei de commissaris. 'U staat onder arrest!'

'W-w-w...' stamelde de man, terwijl hij zijn hoofd een klein beetje optilde.

'Waarom?! Wilt u weten waarom? Omdat u de verzegeling heeft verbroken om hier binnen te komen!'

'M-m-maar het was...'

'Maar het was hier helemaal niet verzegeld!' zei een bevende stem, waarvan niet duidelijk was waar die vandaan kwam. Montalbano keek rond, maar zag niemand.

'Wie is daar?'

'Ik.'

Vanachter de ingepakte raamkozijnen kwam het hoofd van Callara tevoorschijn.

'U moet ons geloven, commissaris: het was hier niet verzegeld!' herhaalde hij.

Toen herinnerde Montalbano zich dat hij geen tijd had gehad de verzegeling weer op zijn plaats te hangen, toen hij hier met Adriana was weggereden.

'Waarschijnlijk gejat door rotjongens,' zei hij.

De grote lamp in de woonkamer maakte het in de ruimte nog warmer dan het er al was. Praten was onmogelijk, hun kelen werden onmiddellijk gortdroog.

'Laten we hier weggaan,' zei de commissaris.

Ze volgden hem naar de bovenverdieping, dronken grote glazen water en gingen in de woonkamer zitten.

'Ik kreeg haast een beroerte van angst,' zei de man die Montalbano voor een fotograaf had aangezien.

'Ik ook,' zei Callara. 'Elke keer als ik in dit vervloekte huis kom, gebeurt er wat!'

'Ik ben aannemer Paladino,' stelde de man met het fototoestel zich voor.

'Wat doen jullie hier?'

Callara nam het woord.

'Aangezien de termijn voor de aanvraag van de legalisatie binnenkort verloopt, en ik net vanochtend per koerier de papieren van Gudrun Speciale heb ontvangen, heb ik Paladino gevraagd de noodzakelijke maatregelen te treffen...'

'...en de eerste is absoluut,' onderbrak Paladino hem, 'een

fotodocumentatie van de illegale bouwactiviteiten. De foto's horen bij de bouwtekeningen.'

'Bent u klaar met de foto's?'

'Ik moet er nog drie of vier van de woonkamer maken.'

'Laten we dat dan maar gaan doen.'

Hij ging met hen mee naar het badkamerraam, maar niet naar binnen. Hij bleef achter om de tape en de formulieren met stempels op te rapen, die onder de planken terecht waren gekomen en legde ze opzij.

'Ik wacht hierboven op jullie!'

Zittend op het deel van het terrasmuurtje dat in de schaduw lag, rookte hij twee sigaretten.

Toen stond Callara weer voor hem.

'We zijn klaar.'

'En Paladino?'

'Die is zijn spullen naar de auto brengen. Dan komt hij u gedag zeggen.'

'Als u hier nog moet zijn, laat me dat dan van tevoren weten.'

'Dank u. Trouwens, ik zou u iets willen vragen, commissaris.'

'Zegt u het maar.'

'Wanneer wordt de verzegeling weggehaald?'

'Is daar dan haast bij?'

'Een beetje wel. Ik zou met Spitaleri een datum willen afspreken waarop het appartement wordt uitgegraven en gerestaureerd. Die man heeft het zo druk, als ik er niet op tijd bij ben, dan...'

'Als Spitaleri niet kan, dan gaat u maar met iemand anders in zee.'

Paladino verscheen.

'Ik ben klaar om te vertrekken.'

'Ik kan niet met iemand anders in zee gaan,' zei Callara.

'Waarom niet?'

'Er is een schriftelijke overeenkomst, waarvan ik niet op de hoogte was, maar die ik tussen de papieren heb gevonden die ik vanochtend uit Duitsland heb ontvangen.'

'Legt u eens uit.'

'Het is geheel volgens de regels,' zei Paladino. 'Callara heeft het me laten zien.'

'Wat houdt de overeenkomst in?'

Callara vertelde het hem: 'Er staat in dat Angelo Speciale zich formeel verbindt om de afgraafwerkzaamheden en de restauratie van de binnen- en buitenmuren van het illegale appartement te laten uitvoeren door de firma van Spitaleri op het moment waarop de aanvraag tot legalisatie wordt ingediend. En er staat ook in dat hij zich niet tot andere firma's mag wenden mocht Spitaleri het op dat moment te druk hebben met andere klussen, maar dat hij dan moet wachten tot Spitaleri beschikbaar is.'

'Een ondershandse overeenkomst,' zei Montalbano.

'Natuurlijk, maar volgens de regels opgesteld en tweevoudig ondertekend. U begrijpt dat er gedonder van komt als iemand zich daar niet aan houdt, vooral met zo'n type als Spitaleri,' zei Paladino.

'Heeft u dit al eerder meegemaakt?'

'Nee, dit is de eerste keer, ik heb nog nooit een schriftelijke afspraak gezien die zo vroeg van tevoren was gemaakt. En waarom zou een klus als deze, die weinig geld oplevert, van belang zijn voor iemand als Spitaleri?'

'In ieder geval,' zei Callara, 'moet het Speciale geweest zijn die de overeenkomst heeft willen afsluiten. Hij wist dat hij op Spitaleri kon vertrouwen, dus zou hij zelf niet bij de werkzaamheden aanwezig hoeven zijn.'

'Heeft u de datum van de overeenkomst gezien?'

'Ja, 27 oktober 1999. De dag voor Speciale naar Duitsland vertrok.'

'Ik zal ervoor zorgen dat de verzegeling zo snel mogelijk wordt verwijderd.'

Intussen hing hij de gestempelde formulieren weer op. Toen reed hij weg, maar remde een paar meter verderop plotseling.

De deur en de ramen van Adriana's huis stonden open. Zou het meisje hiernaartoe zijn gekomen voor een beetje rust na de hectiek van de begrafenis?

Hij verkeerde in hevige tweestrijd. Moest hij haar gedag gaan zeggen of doorrijden?

Toen zag hij een oude vrouw, de schoonmaakster waarschijnlijk, de ramen dichtdoen. Hij wachtte nog even. De vrouw kwam de deur uit en deed die met de sleutel op slot.

Montalbano zette zijn auto in de eerste versnelling en vertrok naar het politiebureau, een beetje teleurgesteld, maar ook een beetje opgelucht.

17

'Ik ben vanochtend naar de begrafenis gegaan,' zei Fazio.

'Was het druk?'

'Druk en roerig, chef, zoals gewoonlijk. Vrouwen die flauwvielen, vrouwen die huilden, oude klasgenootjes met witte bloemen. Kortom, een theater zoals altijd, want toen de doodskist de kerk uit werd gedragen, begon iedereen te klappen. Waarom doen ze dat toch eigenlijk voor de doden?'

'Misschien omdat ze er wel goed aan hebben gedaan om dood te gaan.'

'Maakt u een grapje, chef?'

'Nee. Wanneer klappen mensen? Als ze iets mooi vinden. Logischerwijs zou het dus moeten betekenen: ik vind het mooi dat je eindelijk bent opgedonderd. Wie was er van de familie?'

'Haar vader, die ondersteund werd door een man en een vrouw, kennelijk familie van hem. Signorina Adriana was er niet, die was waarschijnlijk thuis gebleven bij haar moeder.'

'Ik moet je iets vertellen wat je niet leuk zult vinden.'

En hij vertelde van zijn ontmoeting met Lozupone. Fazio toonde geen enkele verbazing.

'Heb je niets te zeggen?'

'Wat zou ik moeten zeggen, chef? Ik had het wel verwacht. Linksom of rechtsom, Spitaleri weet zich er altijd weer uit te redden, *in saecula saeculorum*.'

'Amen. Over Spitaleri gesproken, doe me een plezier en

bel hem op, ik heb helemaal geen zin om met hem te praten.'

'Wat moet ik hem vragen?'

'Of hij zich kan herinneren wanneer hij terugkwam van die reis naar Bangkok.'

'Ik ga het meteen doen.'

Tien minuten later was hij terug.

'Ik heb het op zijn mobiel geprobeerd, maar die stond uit. Op kantoor was hij ook niet, maar zijn secretaresse heeft in een oude agenda gekeken, en kon me verzekeren dat Spitaleri de zesentwintigste weer was thuisgekomen. Ze zei dat ze zich die dag nog goed kon herinneren.'

'Zei ze ook waarom?'

'Ja, chef, die vrouw kletst je de oren van je kop. Als je haar niet tegenhoudt, praat ze de hele dag door. Ze vertelde dat ze op 26 oktober jarig is en dat ze destijds had gedacht dat Spitaleri het wel vergeten zou zijn, maar hij had haar niet alleen een orchidee gegeven, zo een die Thai Airways aan haar passagiers cadeau doet, maar ook nog een doosje chocolade. Waarom wilde u dat eigenlijk weten?'

'Nou, vanochtend ging ik zwemmen in Pizzo...'

En hij vertelde hem het hele verhaal.

'Hetgeen betekent,' besloot hij, 'dat Spitaleri de volgende dag, misschien omdat hij had gehoord dat Speciale naar Duitsland zou vertrekken, die ondershandse overeenkomst heeft opgesteld.'

'Dat vind ik helemaal niet vreemd,' zei Fazio. 'En het is vast Speciale geweest, die op de overeenkomst heeft aangedrongen, zoals Callara zegt. Hij vertrouwde Spitaleri intussen.'

Montalbano twijfelde.

'Toch klopt er iets niet.'

De telefoon ging. Het was Catarella, doodsbenauwd.

'Gottegot! De hoofd en commissaris hangt aan de telefoon!'

'Ja, en?'

'Hij lijkt wel gek, chef! Met zonder respect, de man is een woeste hond!'

'Verbind hem maar door en ga zelf een cognacje drinken tegen de schrik.'

Hij zette hem op de luidspreker, en gaf Fazio een teken dat hij moest meeluisteren.

'Goedemorgen, hoofdcommissaris.'

'Helemaal geen goedemorgen, godverdomme!'

Voor zover hij zich kon herinneren, had Montalbano Bonetti-Alderighi nog nooit horen vloeken. De kwestie moest dus ernstig zijn.

'Ik begrijp niet waarom...'

'Het vragenformulier!'

Montalbano was opgelucht. Was dat alles? Hij glimlachte.

'Maar, hoofdcommissaris, het vragenformulier waar u naar vraagt is allang de vraag niet meer!'

Wat was het soms toch heerlijk om het voorbeeld te volgen van meester Catarella!

'Wat zegt u?'

'Ik heb er al voor gezorgd dat u het ontvangt!'

'Daar heeft u zeker voor gezorgd! En hoe!'

Waarom zat hij dan zo te zeuren? Wat moest die lul van hem? Hij vertaalde zijn gedachten: 'Wat is dan uw vraag?'

'Waarom bent u toch zo ijverig als het erom gaat me op mijn zenuwen te werken, Montalbano?'

Dat 'ijverig' maakte de commissaris plotseling kwaad en hij stapte van zijn toegeeflijke bui over op een tegenaanval.

'Waar heeft u het verdorie over? Wat zevert u nou?'

De hoofdcommissaris deed zijn uiterste best kalm te blijven.

'Luister, Montalbano. Ik heb een goed hart, maar als u me per se in de maling wilt nemen, beseft u dan...'

Een goed hart? Wou die vent hem helemaal gek maken, of zo?

'Zegt u me wat ik gedaan heb en houd op me te bedreigen.'

'Wat u gedaan heeft? U heeft het vragenformulier van vorig jaar teruggestuurd, dat heeft u gedaan! Van vorig jaar!'

'Tsjonge, wat vliegt de tijd!'

De hoofdcommissaris was buiten zinnen, en hoorde hem al niet meer.

'Ik geef u twee uur, Montalbano, om het nieuwe vragenformulier te vinden, in te vullen en naar me toe te faxen. Heeft u dat begrepen? Twee uur!'

Hij hing op.

Moedeloos keek Montalbano naar de oceaan van papier die ze opnieuw zouden moeten doornemen.

'Doe me een plezier, Fazio.'

'Ja, chef?'

'Schiet me alsjeblieft neer.'

In totaal deden ze er drie uur over. Twee om het formulier van dit jaar te vinden, en één om het in te vullen. Op een gegeven moment realiseerden ze zich dat het formulier identiek was aan dat van vorig jaar, zowel de vragen zelf als de volgorde ervan, alleen de datum was anders. Ze zeiden er niets over, want ze hadden de puf niet om hun mening over de bureaucratie hardop uit te spreken.

'Catarella!'

'Hier ben ik.'

'Verstuur dit onmiddellijk per fax en zeg tegen de hoofd en commissaris dat hij wel weet waar hij het moet stoppen.'

Catarella trok wit weg.

'Dat durf ik niet, chef.'

'Het is een bevel, Catarè!'

'Als u het zegt, chef...'

Verslagen draaide hij zich om en liep weg. Hij was nog in staat het te doen ook!

'Laat maar! Verstuur die fax zonder commentaar!'

Hoeveel kilo stof zat er wel niet tussen die stapels papier op kantoor? In Marinella trok hij zijn naar zweet stinkende kleren uit en ging een halfuur onder de douche staan.

In zijn onderbroek liep hij naar de koelkast om uit te vinden wat Adelina voor hem had klaargemaakt, toen de telefoon ging.

Het was Adriana. Ze zei geen gedag, vroeg niet hoe het ging, maar kwam direct ter zake.

'Vanavond kan ik niet komen. Mijn vriendin de verpleegkundige heeft geen tijd. Ze komt morgenochtend pas. Jij moet 's ochtends werken, hè?'

'Ja.'

'Ik wil je graag zien.'

Hou je mond, Montalbano. Slik nog liever je tong in, dan 'ik jou ook' te zeggen. Maar het lag op het puntje van zijn tong...

De woorden van het meisje, bijna fluisterend uitgesproken, deden hem het zweet uitbreken.

'Ik wil je echt heel graag zien.'

De hitte was nog steeds om van flauw te vallen, ook al was het negen uur 's avonds, en het zweet op zijn huid vervloog tot een heel lichte waterdamp.

'Trouwens, weet je?' vroeg Adriana op een andere toon.

'Nee.'

'Mijn oom en tante zouden vanmiddag naar Milaan vertrekken, hè?'

'Ja.'

Er kon nou niet bepaald gezegd worden dat hij te veel met Adriana kletste.

'Nou, op het vliegveld kwamen ze erachter dat er een

heleboel vluchten waren gecanceld vanwege een staking. Ook die van hen.'

'Wat hebben ze toen gedaan?'

'Ze zijn met de trein gegaan, de arme zielen. Stel je voor wat een reis dat moet zijn met deze hitte! Wat was jij aan het doen?'

'Wie, ik?' antwoordde hij, verrast door de plotselinge verandering van onderwerp.

'Wat deed commissaris Salvo Montalbano op het moment dat hij werd gebeld door de studente Adriana Morreale?'

'Ik ging iets te eten pakken uit de koelkast.'

'O, en waar ga je zitten eten? In de keuken, zoals de meeste mensen die alleen zijn?'

'Nee, ik houd er niet van om in de keuken te eten.'

'Waar dan wel?'

'Op de veranda.'

'Heb je een veranda? Wat heerlijk! Doe me een plezier en dek ook voor mij.'

'Waarom?'

'Omdat ik erbij wil zijn.'

'Maar je kon toch niet komen?'

'In gedachten, suffie. Dan kan ik een hapje van jouw bord nemen, en jij een van het mijne.'

Montalbano voelde een lichte duizeling in zijn hoofd.

'G-g-goed.'

'Dag. Welterusten. Ik bel je morgen. Ik hou van je.'

'Ik...'

'Wat?'

'Ik doe je wat, zei ik. Tegen een vervelende vlieg op mijn neus.'

Dat was op het nippertje.

'Hé, ik heb een idee. Waarom laat je me morgen niet op het politiebureau komen voor een intensief verhoor onder vier ogen zoals Tommaseo dat graag zou willen afnemen?'

En ze hing lachend op.

Wat nou koelkast?! Wat nou eten?! Hij sprong meteen in zee om zijn hoofd te laten afkoelen en de temperatuur van zijn bloed te doen dalen, dat nu zeker het kookpunt had bereikt. Moest Adriana de verstikkende zomerhitte nog erger maken dan die al was?

Terwijl hij door het donker van de nacht zwom, begon de marteling. Het was een gevoel dat hij goed kende. Hij ging op zijn rug liggen drijven, en keek naar de sterren.

Het voelde als een boor, als een handboor die moeizaam rondjes draaide in zijn hersens. En bij iedere draai maakte hij een piepend geluid.

Het was een heel naar gevoel en betekende – dat wist hij inmiddels, want hij kende het gevoel al jaren – dat hij in de loop van de dag iets belangrijks had gehoord, iets wat het onderzoek kon oplossen, maar wat hem niet direct was opgevallen.

Wanneer had hij het gehoord? Wie had het gezegd?

Een treiterend gevoel waar hij zenuwachtig van werd.

Met grote, langzame armslagen zwom hij naar de kant.

Hij ging naar binnen en merkte dat zijn eetlust verdwenen was. Hij pakte een fles whisky, een glas en een pakje sigaretten en ging nog drijfnat op de veranda zitten. Hij trok niet eens zijn zwembroek uit.

Hoe hij ook zat te piekeren, het schoot hem maar niet te binnen.

Een uur later gaf hij het op. Hij tastte volledig in het duister. Vroeger, dacht hij, was een beetje concentratie genoeg geweest om zich dat soort dingen te herinneren. Wanneer was dat eigenlijk geweest? – vroeg hij zich af. Toen je jong was, Montalbà – luidde het onvermijdelijke antwoord.

Hij besloot wat te gaan eten. Hij dacht eraan dat Adriana

had gezegd dat hij ook een bord voor haar neer moest zetten. Even aarzelde hij, maar voelde zich toen belachelijk.

Hij dekte alleen voor zichzelf, ging naar de keuken, pakte de greep van de koelkast vast en kreeg, in gedachten nog bij Adriana, een schok.

Hoe kon dat? Kennelijk was de koelkast stuk. Dat was gevaarlijk, hij zou een nieuwe moeten kopen.

Maar hoe kon het dat zijn hand nog steeds op de greep lag, en dat hij nu geen schok meer voelde?

Wedden dat het geen elektrische schok was geweest, maar iets vanbinnen, een soort kortsluiting in zijn hoofd?

De schok had plaatsgevonden terwijl hij aan Adriana dacht! Het moest dus te maken hebben met iets wat het meisje had gezegd!

Hij ging terug naar de veranda. Zijn eetlust was opnieuw verdwenen.

Plotseling schoten Adriana's woorden hem te binnen. Met een ruk kwam hij overeind, pakte zijn sigaretten, liep het strand op en beende langs het water heen en weer.

Drie uur later had hij het hele pakje sigaretten opgerookt en deden zijn benen pijn van het lopen. Hij ging naar huis en keek op de klok. Het was drie uur in de ochtend. Hij ging zich wassen en scheren, kleedde zich netjes aan, en dronk een enorme mok koffie. Om kwart voor vier ging hij de deur uit, stapte in de auto en reed weg.

Het was bijna acht uur toen hij op Punta Raisi aankwam. Hij had er even lang over gedaan als iemand normaal gesproken over zowel de heen- als de terugreis zou doen. Hij had een kalme reis gehad, zonder last van de hitte of ruzie met andere automobilisten.

Hij parkeerde zijn auto en stapte uit. Het was hier minder benauwd dan in Vigàta. Eerst liep hij de bar binnen voor een dubbele espresso. Daarna meldde hij zich op het politiebureau van het vliegveld.

'Ik ben commissaris Montalbano. Is commissaris Capuano er al?'

Elke keer als hij op het vliegveld was om Livia op te halen of weg te brengen, ging hij bij hem langs.

'Ja, hij is er net. U kunt doorlopen, als u wilt.'

Hij klopte aan, en ging naar binnen.

'Montalbano! Wacht je op je vriendin?'

'Nee, ik kom om je hulp vragen.'

'Ik sta geheel tot je beschikking. Zeg het maar.'

Montalbano vertelde zijn verhaal.

'Tja, het zal wel even duren, maar ik heb er de juiste persoon voor.'

En hij riep: 'Cammarota!'

Een inktzwarte dertiger met intelligente ogen kwam binnen.

'Dit is commissaris Montalbano, een vriend van me. Je moet hem ergens mee helpen. Jullie kunnen hier blijven en mijn computer gebruiken, want ik moet me nu toch bij de hoofdcommissaris melden.'

Tot het middaguur zaten ze in Capuano's kantoor opgesloten, en dronken elk twee koppen koffie en twee glazen bier. Cammarota bleek handig en bekwaam te zijn. Hij legde contact met ministeries, vliegvelden en luchtvaartmaatschappijen. Uiteindelijk had de commissaris alle informatie die hij wilde.

Terug in de auto begon hij flink te niezen, een verlate reactie op de airconditioning.

Halverwege zijn terugreis zag hij een trattoria waar drie vrachtauto's voor de deur stonden, een teken dat het eten er goed was. Toen hij besteld had, ging hij bellen.

'Adriana? Met Montalbano.'

'O, wat leuk! Heb je besloten me aan een kruisverhoor te onderwerpen?'

'Ik moet je zien.'

'Wanneer?'

'Vanavond, rond negen uur, in Marinella. We eten bij mij.'

'Ik hoop dat ik iets kan regelen. Heb je nieuws?'

Hoe wist ze dat?

'Ik denk het wel.'

'Ik hou van je.'

'Zeg tegen niemand dat je naar mij komt.'

'Natuurlijk niet!'

Daarna belde hij het politiebureau, en vroeg naar Fazio.

'Waar bent u, chef? Vanochtend heb ik u gezocht, omdat...'

'Vertel me dat straks maar. Ik kom terug uit Palermo, en moet met je praten. Laten we om vijf uur op het politiebureau afspreken. Je andere werk moet maar even wachten.'

In de trattoria hing een ventilator met enorme bladen aan het plafond. Hij genoot, want daardoor kon hij eten zonder dat zijn hemd en onderbroek aan zijn huid plakten. Zoals verwacht was het eten erg lekker.

Terwijl hij weer in de auto stapte, besefte hij dat zijn idee op de heenweg nog aan een zijden draadje had gehangen. Nu, op de terugweg, zat het stevig verankerd met een dik touw.

Het touw van de strop.

Zo vals als een kraai begon hij 'O Lola' uit de *Cavalleria rusticana* te zingen.

Thuis in Marinella nam hij een douche, kleedde zich om en vertrok vlug naar het politiebureau. Hij voelde zich koortsig en rusteloos, alles deed hem pijn.

'Chef, chef! Er is opgetelefoneerd door...'

'Daar heb ik schijt aan. Roep Fazio.'

Hij zette zijn ventilatortje aan. Fazio verscheen onmiddellijk, brandend van nieuwsgierigheid.

'Kom binnen, doe de deur dicht en ga zitten.'

Fazio deed wat hem gezegd werd, en ging op de punt van zijn stoel zitten, terwijl hij de commissaris strak aankeek, als een jachthond.

'Wist jij dat er gisteren een staking was op Punta Raisi, waardoor een heleboel vluchten zijn gecanceld?'

'Nee, dat wist ik niet.'

'Ik heb het op het lokale nieuws gezien.'

Een leugen, maar hij wilde niet zeggen dat hij het van Adriana had gehoord.

'Goed, chef, er was dus een staking. Wie staakt er tegenwoordig niet? Wat heeft dat met ons te maken?'

'Ik verzeker je dat dat met ons te maken heeft.'

'Ik snap het, chef, u neemt rustig de tijd om me te laten popelen van nieuwsgierigheid.'

'Hoe vaak doe jij dat wel niet met mij?'

'Ja, ja, maar nu heeft u me teruggepakt, en kunt u me vertellen wat er aan de hand is.'

'Vooruit dan. Ik hoorde dus van die staking, maar besteedde er eerst geen aandacht aan. Pas later bracht het me op een idee, dat langzaam vorm aannam in mijn hoofd. Ik heb er goed over nagedacht en ineens was alles me duidelijk. Glashelder. Dus ben ik vanochtend vroeg naar Punta Raisi gegaan. Ik moest nagaan of het uitgangspunt van het idee klopte.'

'En klopte dat?'

'Helemaal.'

'Dus?'

'Dus dat betekent dat ik de naam van de moordenaar van Rina ken.'

'Spitaleri,' zei Fazio kalm.

18

'O!' riep Montalbano boos. 'Dat telt niet! Je mag niet voor je beurt spreken! Ik wou het zeggen! Nooit gehoord van respect voor een meerdere?'

'Ik zeg al niets meer,' beloofde Fazio.

Montalbano kalmeerde, maar Fazio wist niet zeker of hij voor de grap boos was geworden of het serieus meende.

'Hoe wist jij dat nou?'

'Chef, u bent naar Punta Raisi gegaan om iets uit te zoeken. Tot het tegendeel is bewezen, blijft Punta Raisi een vliegveld. Wie van onze verdachten is er in een vliegtuig gestapt? Alleen Spitaleri. Speciale en zijn stiefzoon gingen met de trein. Toch?'

'Inderdaad. Goed, toen ik van een staking hoorde, realiseerde ik me dat we het alibi van Spitaleri altijd voor waar hebben aangenomen. Onze collega's in Fiacca hebben hem destijds al verhoord, en ook toen is hij weggekomen met het excuus van zijn reis naar Bangkok. Wij hadden verwacht dat ze dat wel nagetrokken zouden hebben, en hebben hem dus eigenlijk nooit gevraagd te bewijzen dat hij echt op die dag naar Bangkok is vertrokken.'

'Nee, maar we hadden wel een indirecte bevestiging, chef. Dipasquale en de secretaresse hebben een telefoontje van hem ontvangen tijdens een tussenlanding. En ik weet zeker dat dat telefoontje echt is gepleegd.'

'Maar wie zegt dat dat tijdens een tussenlanding was? Als je uit een cel telefoneert of met je mobiel, kan ik ook niet zien waarvandaan je belt. Je kan me vertellen dat je in Timboektoe zit, of op de Noordpool en ik moet je wel geloven.'

'Dat is waar.'

'Daarom ben ik naar het politiebureau van Punta Raisi gegaan. Onze collega's waren heel vriendelijk. Het heeft wel vier uur gekost, maar uiteindelijk was het raak. 12 oktober viel dat jaar op een woensdag. De vlucht van Thai Airways vertrok toen om kwart over twee van Rome Fiumicino. Spitaleri wilde van Palermo naar Fiumicino vliegen en daar overstappen. Maar op Punta Raisi hoorde hij dat het toestel dat hem naar Rome moest vliegen om technische redenen pas twee uur later zou vertrekken. Het vliegtuig naar Bangkok zou hij dan niet meer halen. Dus zat Spitaleri vast op Punta Raisi. Hij ruilde zijn ticket om voor de vlucht van de volgende dag. Niet zo erg, want de donderdagvlucht van Thai Airways vertrok om kwart voor drie. Tot zover zitten we goed.'

'In welk opzicht?'

'Nou, tot zover kunnen we bewijzen wat ik je heb verteld. Nu stel ik een hypothese op. Namelijk dat Spitaleri, die in Palermo niets te doen had, is teruggegaan naar Vigàta. Waarschijnlijk is hij via Trapani gereden, dan kwam hij eerst langs Montereale. Daar besloot hij even te gaan kijken of het werk in Pizzo klaar was. Bij de villa was niemand meer aanwezig, geen bouwvakkers, en ook Speciale en Ralf niet. Hij zag dat het illegale appartement nog niet was ingegraven, en dat hij er nog naar binnen kon. Toen, en dit is de meest gewaagde veronderstelling die ik doe, zag hij Rina daar ergens in de buurt. Hij moet beseft hebben dat hij, op dat moment, op die plek, niet bestond.'

'Hoezo, niet bestond?'

'Denk na. Iedereen dacht dat hij onderweg was naar Bangkok en hij was nog niet terug geweest in Vigàta. Dus wist niemand nog dat zijn vlucht was gecanceld. Eigenlijk kón hij dus helemaal niet in Pizzo zijn. Wat was een betere gelegenheid? Dus belde hij met zijn mobiel naar zijn kantoor, zonder nummerherkenning. En bevestigde zijn alibi. Hij dacht dat alles hiermee in orde was, maar hij heeft een grote fout gemaakt.'

'Welke dan?'

'Dat telefoontje! Kennelijk was Spitaleri al drie maanden niet in Bangkok geweest, want sinds juli had Thai Airways directe vluchten, zonder tussenlanding.'

'Wat is er toen gebeurd, volgens u?'

'Ik vaar nog steeds op veronderstellingen, hè? Dat moet je goed onthouden. Nou, hij voelde zich veilig, sprak Rina aan en toen hij merkte dat het meisje niet van hem gediend was, haalde hij zijn mes tevoorschijn, dat hij altijd bij zich had – ook toen die keer met Ralf, zoals Adriana ons heeft verteld – en dwong haar het ondergrondse appartement in te gaan. De rest kun je je wel voorstellen.'

'Nee,' zei Fazio. 'Ik wil het me niet voorstellen.'

'Dit verklaart ook die ondershandse overeenkomst.'

'Met Speciale?'

'Ja, precies. Voor de restauratie van de villa na de legalisatie. Het zat me niet lekker dat Speciale daarvoor niet met een andere firma in zee mocht gaan. Dat betekent namelijk dat Spitaleri er zeker van wilde zijn dat hij zelf het illegale appartement zou mogen uitgraven, wat hem de kans zou geven zich van de kist en de dode te ontdoen. Dit heeft hij in het buitenland bedacht, en daarom haastte hij zich zodra hij weer thuis was naar Speciale in de hoop dat die nog in Vigàta zou zijn. Wat denk je ervan?'

'Het klinkt logisch.'

'Wat moet ik volgens jou nu doen?'

'Hoezo? Morgenochtend gaat u naar Tommaseo, vertelt hem het hele verhaal en hij...'

'...en hij stuurt me naar huis.'

‘Waarom?’

‘Omdat Spitaleri connecties heeft, en Tommaseo zich wel honderd keer bedenkt... En dat niet alleen: hij zal te maken krijgen met advocaten die hem rauw lusten. Spitaleri aanpakken houdt in dat je een heleboel mensen in het nauw brengt, maffiosi, parlementsleden, burgemeesters. Hij heeft een heel netwerk om zich heen.’

‘Tommaseo is misschien iemand die voor vrouwen bezwijkt, chef, maar als het om eerlijkheid gaat...’

‘Maar Tommaseo schuiven ze net zo gemakkelijk aan de kant! Als je wilt, geef ik je een voorproefje van de verdediging van Spitaleri:

“*De ochtend van 12 oktober heeft mijn cliënt op Punta Raisi een vlucht eerder genomen dan de vlucht die technische problemen had.*”

“Maar op de passagierslijst van de eerdere vluchten komt de naam Spitaleri niet voor!”

“Maar de naam Rossi wel!”

“En wie is Rossi?”

“Een passagier die zijn plaats in een eerder vliegtuig aan Spitaleri afstond, opdat die zijn vlucht naar Bangkok zou halen.”’

‘Mag ik de rol van Tommaseo spelen?’ vroeg Fazio.

‘Natuurlijk.’

‘*En hoe verklaart u het telefoontje tijdens een tussenlanding die niet heeft plaatsgevonden?*’

Terwijl hij die vraag stelde, keek hij de commissaris triomfantelijk aan. Montalbano lachte.

‘Wat zijn advocaat daarop zal antwoorden, is niet zo moeilijk: “*Mijn cliënt heeft vanuit Rome gebeld! De vlucht van Thai Airways vertrok die dag om halfzeven en niet om kwart over twee!*”’

‘Vertrok die echt pas zo laat?’ vroeg Fazio.

‘Ja, maar dat wist Spitaleri niet. Hij dacht dat het vliegtuig al onderweg was naar Bangkok.’

Fazio was aan het twijfelen gebracht.

‘Tja, als u het zegt...’

'Zie je dat ik gelijk heb? We lopen hetzelfde risico als in de zaak van die Noord-Afrikaanse bouwvakker.'

'Wat moeten we volgens u dan doen?'

'We hebben absoluut een bekentenis nodig.'

'Tja...'

'En het is nog niet eens gezegd dat we hem met een bekentenis in de gevangenis zullen krijgen. Hij kan altijd nog zeggen dat we hem die met geweld hebben ontfutseld. Maar een bekentenis is het minste wat we nodig hebben om hem voor de rechter te krijgen.'

'Ja, maar hoe?'

'Ik heb wel een ideetje.'

'Echt waar?!'

'Ja, maar daar wil ik hier niet over praten. Kunnen we vanavond rond halfelf in Marinella afspreken?'

Het was acht uur toen hij thuiskwam. Hij liep meteen naar de veranda.

Er stond geen zuchtje wind. De lucht lag als een zware mantel over de schouders van de aarde. De hitte die overdag door het zand was opgenomen, begon nu pas te verdampen en deed de warmte en de vochtigheid nog eens toenemen. De zee leek wel dood, en het schuim van de branding een soort spuug.

Hij zweette alsof hij in de sauna zat, óp van de zenuwen over de komst van Adriana en over hetgeen hij haar zou moeten vragen.

Hij trok zijn kleren uit en liep in zijn onderbroek naar de koelkast. Hij stond perplex. Hij had er niet meer in gekeken sinds Adelina beloofd had voor twee dagen eten klaar te maken.

Het was nauwelijks nog een koelkast, meer een hoekje op de Vucciria-markt in Palermo. Hij rook het ene gerecht na het andere, en alles even vers.

Hij dekte op de veranda. Hij zette allerlei heerlijkheden op tafel: groene en zwarte olijven, bleekselderij, een stuk kaas, en nog vijf schaaltjes, één met ansjovis, één met pijlinktvis, één met octopus, één met tonijn en één met zeeslakken. Allemaal op verschillende manieren klaargemaakt. En nog steeds stonden er dingen in de koelkast.

Toen ging hij zich douchen en aankleden en besloot Livia te bellen, hij wilde in ieder geval haar stem even horen. Misschien om zich te wapenen, met het oog op de komst van Adriana? Hij kreeg weer een bandje met een vrouwenstem die hem informeerde dat de persoon die hij belde op het moment onbereikbaar was.

Onbereikbaar?!? Hoezo onbereikbaar, verdomme?

Waarom was Livia er niet als hij haar nodig had? Hoorde ze zijn stille noodroep dan niet? Was ze misschien te afgeleid door de pleziertjes die neef Massimiliano haar bood?

Terwijl hij steeds bozer werd, en niet meer wist of dat nu uit jaloezie of uit gekwetste trots was, ging de deurbel. Hij kon niet in beweging komen. Er werd nog een keer gebeld, nu langer.

Toen hij eindelijk naar de deur liep, hield zijn pas het midden tussen die van een ter dood veroordeelde op weg naar de elektrische stoel en die van een vijftienjarige op weg naar zijn eerste afspraakje. Hij droop alweer van het zweet.

Adriana, in spijkerbroek en bloesje, kuste hem zachtjes op zijn mond, bijna als oude vrienden, en liep nieuwsgierig naar binnen.

Hoe kon dat meisje in die vreselijke hitte toch altijd zo lekker fris blijven ruiken?

'Het was niet makkelijk om te komen, maar het is me gelukt! Ik ben een beetje zenuwachtig, weet je dat? Laat eens zien.'

'Wat?'

'Je huis.'

Ze liep het hele huis door, kamer na kamer, alsof ze het wilde kopen.

'Aan welke kant slaap jij?' vroeg ze toen ze bij het bed stonden.

'Aan die kant. Hoezo?'

'Zomaar. Uit nieuwsgierigheid. Hoe heet je vriendin?'

'Livia.'

'Waar komt ze vandaan?'

'Uit Genua.'

'Laat 's een foto zien.'

'Van wie?'

'Van haar.'

'Die heb ik niet.'

'Kom op, dat geloof ik niet.'

'Echt niet.'

'Waarom niet?'

'Dat weet ik niet.'

'Waar is ze nu?'

'Onbereikbaar.'

Het floepte eruit. Adriana keek hem verbaasd aan.

'Ze zit met vrienden op een boot,' legde hij uit.

Waarom zei hij de waarheid niet?

'Ik heb alles klaargezet op de veranda. Kom,' zei hij, om haar af te leiden, weg van het gevoelige onderwerp.

Bij het zien van de gedekte tafel schrok Adriana.

'Ik houd van eten, hoor, maar zoveel... Jeetje, wat is het hier mooi!'

'Ga maar zitten.'

Adriana ging op het bankje zitten, en schoof maar zoveel opzij dat Montalbano praktisch boven op haar moest gaan zitten.

'Dit vind ik niet fijn,' zei Adriana.

'Wat?'

'Om zo te zitten.'

'Je hebt gelijk, we zitten veel te krap, maar als jij een beetje opschuift...'

'Dat bedoel ik niet. Ik vind het niet fijn om te eten zonder je aan te kunnen kijken.'

Montalbano haalde een stoel en ging tegenover haar zitten.

Hij voelde zich ook beter op die afstand.

Waarom bleef het ondanks het vallen van de nacht toch nog steeds zo warm?

'Mag ik een beetje wijn?'

Een sterke, ijskoude witte wijn. Een zalige afdronk. In de koelkast stonden nog twee flessen.

'Voor we beginnen, wil ik je iets vragen wat ik graag zou willen weten,' zei Montalbano.

'Ik heb geen vriend. Op het moment ga ik eigenlijk met niemand om.'

De commissaris was verbijsterd.

'Dat eh... dat bedoelde ik niet... Ken jij Spitaleri eigenlijk?'

'De aannemer? Die Rina heeft gered van Ralf? Nee, nooit ontmoet.'

'Hoe kan dat? Jij en je zus woonden per slot van rekening maar een paar meter van zijn bouwplaats.'

'Dat is waar. Maar in die tijd was ik vaker bij mijn oom en tante in Montelusa dan bij mijn ouders in Pizzo, snap je? Ik heb hem nooit ontmoet.'

'Weet je het zeker?'

'Ja.'

'En later? Tijdens het zoeken naar Rina?'

'Mijn oom en tante hebben me eigenlijk meteen weer meegenomen naar Montelusa. Mijn ouders waren zo druk bezig met zoeken, dat ze niet meer sliepen en niet meer aten. Mijn oom en tante wilden me uit die beklemmende omgeving weghalen.'

'En heeft hij je recentelijk ook niet gezien?'

'Ik geloof het niet. Ik was niet op de begrafenis, ik heb tv-interviews vermeden, één krant heeft geschreven dat Rina een zus had, maar niet dat we een tweeling waren.'

'Zullen we gaan eten?'

'Graag. Waarom vraag je naar Spitaleri?'

'Dat zal ik je straks vertellen.'

'Je zei dat je nieuws had.'

'Ook daar hebben we het straks over.'

In stilte zaten ze te eten, waarbij ze elkaar af en toe aankeken. Plotseling voelde Montalbano Adriana's knie. Ze duwde zijn benen een beetje uit elkaar en stak haar eigen been ertussen. Toen klemde ze met haar andere been zijn been vast, en drukte stevig.

Het was een wonder dat de commissaris zich niet in zijn wijn verslikte. Hij voelde wel dat hij moest blozen, en haatte zichzelf erom.

Toen wees Adriana op de zeeslakken.

'Hoe eet je die?'

'Je moet ze eruit trekken met die soort grote speld, die ik bij je bestek heb gelegd.'

Adriana probeerde het, maar kreeg het niet voor elkaar.

'Wil jij het voor me doen?'

Montalbano haalde de zeeslak uit zijn huis, Adriana deed haar mond open en liet zich voeren.

'Lekker. Nog een.'

Elke keer als zij in afwachting van een zeeslak haar lippen van elkaar deed, kreeg Montalbano bijna een hartaanval.

De fles wijn was in een mum van tijd leeg.

'Ik ga er nog een halen.'

'Nee,' zei Adriana. Ze hield zijn gevangen been vastgeklemd, maar zag waarschijnlijk dat hij zich ongemakkelijk voelde, en liet los.

'Goed dan,' zei ze.

Toen de commissaris terugkwam met de geopende fles, ging hij niet meer op de stoel zitten, maar naast Adriana.

Ze aten alles op en Montalbano ruimde de tafel af, op de fles wijn en de glazen na. Toen hij weer ging zitten, sloeg Adriana een arm om hem heen en legde haar hoofd op zijn schouder.

'Waarom ontwijk je me?' vroeg ze.

Moesten ze maar eens een serieus gesprek hebben? Was het misschien beter het probleem direct te benoemen?

'Geloof me, Adriana, ik wil je helemaal niet ontwijken. Ik heb nog maar zelden iemand zo leuk gevonden. Er zit alleen drieëndertig jaar leeftijdsverschil tussen ons. Realiseer je je dat wel?'

'Ik wil ook niet met je trouwen.'

'Nee, maar dan nog. Ik begin bijna een stuk antiek te worden en het lijkt me gewoon niet in de haak dat... Je zou iemand van de juiste leeftijd...'

'En wat is de juiste leeftijd? Vijfentwintig? Dertig? Heb je die jongens wel eens gezien? Of horen praten? Weet je hoe die zich gedragen? Ze weten niet eens hoe een vrouw eruitziet!'

'Ik ben voor jou iets van voorbijgaande aard, snap je, een tijdelijk verlangen, maar jij loopt de kans voor mij iets heel anders te zijn. Op mijn leeftijd...'

'Hou op over leeftijd. En denk niet dat ik alleen maar zin in jou heb, zoals ik bijvoorbeeld zin zou hebben in ijs. Heb je dat trouwens?'

'IJs? Ja.'

Hij haalde het uit de diepvries, maar het was nog te hard om op te scheppen, dus nam hij het mee naar de veranda.

'Slagroom en chocola. Houd je daarvan?' vroeg Montalbano en ging weer naast haar zitten.

Net als daarvoor legde zij haar arm om hem heen en haar hoofd op zijn schouder.

Vijf minuten later was het ijs al zacht genoeg. Adriana at zonder te spreken of van houding te veranderen.

Toen Montalbano haar lege bord opzij schoof, zag hij dat ze moest huilen. Hij voelde een steek in zijn hart. Hij probeerde haar hoofd iets te draaien opdat hij haar kon aankijken, maar zij verzette zich.

'Er is nog iets waar je aan moet denken, Adriana. Ik ben al jaren samen met een vrouw van wie ik houd. En ik heb altijd gedaan wat ik kon om trouw te zijn aan Livia, die...'

'...onbereikbaar is,' zei Adriana terwijl ze haar hoofd optilde en hem in de ogen keek.

Zo moest het ook gebeurd zijn met de belegerde kastelen in oorlogen van vroeger tijden. Ze boden lang weerstand, doorstonden de belegering, de honger, de dorst. Ze jaagden met kokend hete olie de aanvallers weg die de muren beklommen en hielden zich voor onneembaar. Maar één, goedgericht schot van een katapult deed de ijzeren poort bezwijken en maakte dat de belegeraars zonder op verdere weerstand te stuiten naar binnen stormden.

Onbereikbaar, dat was het goedgerichte schot van Adriana. Wat had het meisje in dat woord gehoord toen hij het had uitgesproken? Woede? Jaloezie? Zwakheid? Eenzaamheid?

Montalbano sloeg zijn armen om haar heen en kuste haar. Haar lippen smaakten naar slagroom en chocola.

Het was alsof hij opging in de verstikkende zomerhitte.

Toen zei Adriana: 'Laten we naar binnen gaan.'

Met hun armen om elkaar heen stonden ze op en precies op dat moment ging de deurbel.

'Wie kan dat zijn?' vroeg Adriana.

'Dat eh... dat is Fazio. Ik had gevraagd of hij wilde komen. Dat was ik vergeten.'

Zonder een woord te zeggen sloot Adriana zich op in de badkamer.

Op de veranda zag Fazio onmiddellijk de twee wijnglazen en de twee bordjes van het ijs staan en vroeg: 'Is er nog iemand?'

'Ja, Adriana.'

'O. Gaat ze weg?'

'Nee.'

'O.'

'Wil je een glaasje wijn?'

'Nee, dank u wel.'

'Een beetje ijs?'

'Nee, dank u wel.'

Hij was duidelijk geïrriteerd door de aanwezigheid van het meisje.

19

Al een uur zaten ze gedrieën op de veranda. De nacht was gevallen, maar bracht geen enkele verkoeling. Het leek wel alsof het juist steeds warmer werd, alsof hoog aan de hemel niet de maan maar de zon stond te stralen.

Montalbano was klaar met zijn verhaal en keek Fazio vragend aan.

'Wat denk je ervan?'

'U wilt Spitaleri op het politiebureau ontbieden, hem een hele dag en een hele nacht verhoren en dan, als hij zo gaar is als boter, wilt u hem laten schrikken door plotseling signorina Adriana, die hij nog nooit eerder heeft gezien, voor zijn neus te zetten. Zoiets?'

'Ja, zo ongeveer.'

'En u verwacht dat hij bij het zien van de tweelingzus van het meisje dat hij heeft vermoord, onmiddellijk instort en bekent?'

'Dat hoop ik tenminste.'

Fazio keek sceptisch.

'Denk jij van niet dan?'

'Chef, die man is een crimineel. Hij laat heus niet het achterste van zijn tong zien. Vanaf het moment dat u hem ontbiedt, is hij op zijn hoede. En zelfs als hij zich doodschrikt bij het zien van de signorina, is hij in staat ons dat niet te laten merken.'

'Dus jij denkt dat een confrontatie geen zin heeft?'

'Jawel, maar niet op het politiebureau.'

Adriana had nog niets gezegd, maar nam nu het woord. 'Ik ben het met Fazio eens. De plek is niet goed.'

'Waar denk jij dan dat een ontmoeting zou moeten plaatsvinden?'

'Nou, gisteren realiseerde ik me plotseling dat er na de legalisatie mensen in de villa zullen gaan wonen. En dat vind ik zó oneerlijk. Dat er in de kamer waar Rina is vermoord, nog zal worden geleefd, gezongen, gelachen, weet ik veel...'

Ze snikte. Instinctief legde Montalbano zijn hand op die van haar. Fazio zag het vertrouwde gebaar, maar liet zijn verbazing niet blijken. Adriana hernam zich.

'Ik ga met mijn vader praten.'

'Wat ben je van plan?'

'Ik wil hem voorstellen ons huis in Pizzo te verkopen en de villa aan te schaffen. Dan zal het illegale appartement niet worden bewoond, maar leeg blijven staan ter herinnering aan mijn zus.'

'En wat wil je daarmee bereiken?'

'Jij vertelde net van die exclusieve overeenkomst met Spitaleri om de villa weer in orde te maken. Morgenochtend ga ik naar het makelaarskantoor en vertel hoe heet hij ook alweer...'

'Callara.'

'Ik vertel Callara dat we de villa willen kopen, nog vóór de legalisatie. Alle rompslomp en kosten zullen dan voor onze rekening komen. Ik leg hem uit waarom we dat willen, en maak hem duidelijk dat we bereid zijn er goed voor te betalen. Ik weet zeker dat ik hem op die manier kan overtuigen. Dan vraag ik om de sleutels van het bewoonbare appartement, en om advies over wie het illegale appartement zou kunnen uitgraven. Op dat moment moet Callara wel met Spitaleri op de proppen komen. Dan vraag ik zijn telefoonnummer, en...'

‘Wacht even. Wat als Callara met je mee wil gaan?’

‘Als ik hem niet precies laat weten wanneer ik zal gaan, kan hij dat niet. Hij kan zich moeilijk twee dagen lang beschikbaar houden. Bovendien denk ik dat het in mijn voordeel is dat ons huis vlak bij de villa staat.’

‘En dan?’

‘Ik bel Spitaleri en laat hem naar Pizzo komen. Ik zorg ervoor dat ik beneden ben als hij komt, in de kamer waar hij Rina heeft vermoord. Als hij me daar voor het eerst ziet...’

‘Maar je moet toch niet alleen zijn met Spitaleri!’

‘Als jij je achter de kozijnen verstopt, ben ik toch niet alleen...’

‘Hoe weet u dat er kozijnen in die kamer staan?’ vroeg Fazio prompt. Hij was altijd op en top smeris, zelfs in een vriendschappelijke omgeving.

‘Dat heb ik haar verteld,’ zei Montalbano.

Het bleef een poosje stil.

‘Als we ons goed voorbereiden,’ zei de commissaris even later, ‘zou het moeten kunnen lukken...’

‘Chef, mag ik mijn mening geven?’ vroeg Fazio.

‘Natuurlijk.’

‘Met alle respect voor de signorina, maar het idee staat me niet aan.’

‘Waarom niet?’ vroeg Adriana.

‘Het is te gevaarlijk. Spitaleri heeft altijd een mes op zak. Die man is tot alles in staat.’

‘Maar als Salvo er ook is, dan lijkt het me...’

Zelfs bij het horen van de voornaam van zijn chef liet Fazio zijn verbazing niet blijken.

‘Toch staat het me niet aan. We mogen u niet in gevaar brengen.’

Ze discussieerden nog een halfuur door. Uiteindelijk hakte Montalbano de knoop door.

'We doen het zoals Adriana zegt. Voor de veiligheid blijf jij ook in de buurt, Fazio, misschien met nog een collega erbij.'

'Zoals u wilt,' zei Fazio, zich erbij neerleggend.

Hij stond op en zei Adriana gedag. Montalbano liep met hem mee naar de deur. Voor Fazio naar buiten stapte, keek hij zijn baas strak in de ogen.

'Denk er goed over na, chef, voor u definitief toezegt.'

'Ga zitten,' zei Adriana toen hij terugkwam op de veranda.

'Ik ben een beetje moe,' zei Montalbano.

Er was iets veranderd, en het meisje voelde dat aan.

In zijn eenzame bed, de lakens doordrenkt van het zweet, bracht hij een beroerde nacht door. Het ene moment maakte hij zichzelf uit voor een ongelooflijke eikel, en dan weer vereenzelvigde hij zich met de Heilige Aloysius Gonzaga of de Heilige Alphonsus Liguori, kortom, met dat soort types.

Het eerste telefoontje van Adriana ontving hij de volgende middag om vijf uur op het politiebureau.

'Callara heeft me de sleutels gegeven. Hij had wel oren naar een snelle verkoop. Hij moet wel een heel gierige man zijn, want bij het idee dat wij de kosten voor de legalisatie op ons zouden nemen, boog hij als een knipmes.'

'Heeft hij Spitaleri's naam genoemd?'

'Hij heeft me zelfs de ondershandse overeenkomst laten zien. En hij heeft me ook het mobiele nummer van Spitaleri gegeven.'

'Heb je hem al gebeld?'

'Ja. Ik heb met hem zelf gesproken. We zien elkaar morgenavond om zeven uur bij de villa. Wat zullen wij afspreken?'

'Laten wij elkaar daar om vijf uur zien, dan hebben we de tijd om ons voor te bereiden.'

Het tweede telefoontje ontving hij om tien uur 's avonds in Marinella.

'De verpleegster is er. Ze blijft de hele nacht. Mag ik bij je langskomen?'

Wat bedoelde ze daarmee? Wilde ze de nacht bij hem in Marinella doorbrengen?

Was dat een grapje? Hij zou niet nog een keer de rol kunnen spelen van de Heilige Antonius die door demonen werd verleid.

'Luister, Adriana, ik eh...'

'Ik ben zenuwachtig en heb behoefte aan gezelschap.'

'Ik begrijp wat je bedoelt. Ik ben zelf ook zenuwachtig.'

'Ik kom alleen maar even zwemmen, in het maanlicht. Toe nou.'

'Waarom ga je niet slapen? Morgen wordt een zware dag.'

Ze lachte.

'Rustig maar, ik zal mijn zwemkleding meenemen.'

'Vooruit dan.'

Waarom had hij toegegeven? Was hij moe? Ondermijnde de hitte zijn wilskracht? Of had hij gewoon zin, veel zin zelfs, om haar weer te zien?

Het meisje zwom als een dolfijn. Montalbano ontdekte een nieuw gevoel van plezier – en dat verontrustte hem – het water te delen met haar jonge lichaam, dat in hetzelfde ritme bewoog als het zijne, alsof ze gewend waren samen te zwemmen.

Bovendien had Adriana een uithoudingsvermogen waarmee ze naar Malta had kunnen zwemmen. Op een gegeven moment kon Montalbano niet meer, en ging hij op zijn rug liggen drijven. Zij kwam een stukje terug en ging vlak naast hem liggen dobberen.

'Waar heb je leren zwemmen?'

'Als kind heb ik veel les gehad. Zomers ben ik hier de hele dag op het strand. In Palermo ga ik twee keer per week naar het zwembad.'

'Doe je veel aan sport?'

'Ik ga naar de sportschool. En ik kan ook schieten.'

'Echt?'

'Ja, mijn ex-vriend was heel fanatiek. Hij nam me mee naar de schietbaan.'

Hij voelde een lichte steek. Niet van jaloezie, maar van afgunst jegens die jongen, die zonder problemen met haar was omgegaan, en de juiste leeftijd had gehad.

'Zullen we teruggaan?' vroeg Adriana.

Op hun gemak zwommen ze terug. Geen van beiden wilde een einde maken aan de magie van het moment, aan het spel van hun lichamen; ze konden elkaar in het donker niet zien, maar door hun ademhaling of een terloopse aanraking voelden ze elkaars aanwezigheid des te heviger.

Op een meter of drie van het strand, waar het water tot hun middel kwam, stootte Adriana, die Montalbano bij de hand hield, met haar voet tegen een jerrycan die de een of andere onverlaat in zee had gegooid, en viel voorover. Montalbano verloor zijn evenwicht en viel over het meisje heen.

Worstelend kwamen ze weer boven, ineengestrengeld en buiten adem. Opnieuw gleed Adriana uit en nog steeds omarmd gingen ze weer kopje-onder. Ze raakten nog heftiger verstrengeld en toen verdronken ze definitief in een andere zee.

Veel later, toen Adriana naar huis ging, begon voor Montalbano opnieuw een slopende nacht, waarin hij lag te draaien en te tobben. Hij kon de slaap maar niet vatten.

Door de warmte, natuurlijk. Door schuldgevoel. Door een klein beetje schaamte. Door een tikkeltje zelfverachting. En door een ietsiepietsie spijt.

Vooral door een enorme somberheid over de vraag die onverhoeds in hem was opgekomen: als je geen vijfenvijftig was geweest, had je dan nee kunnen zeggen? Niet tegen Adriana, maar tegen jezelf? En er was maar één antwoord: ja, dan had je inderdaad nee kunnen zeggen. Het kwaad was nu trouwens al geschied.

Waarom heb je toegegeven aan die kant van jezelf die je altijd onder controle hebt weten te houden?

Omdat ik niet meer zo sterk ben als vroeger. En dat wist ik.

Dus het besef van je naderende ouderdom heeft je zwak gemaakt ten opzichte van de jeugd en de schoonheid van Adriana?

En ook ditmaal luidde het bittere antwoord ja.

'Chef, wat is er aan de hand?'

'Hoezo?'

'U ziet er niet uit! Bent u ziek?'

'Ik heb niet geslapen vannacht, Catarè. Roep Fazio even.'

Ook Fazio zag er niet al te best uit.

'Ik heb geen oog dichtgedaan, chef. Weet u zeker dat u ermee door wilt gaan?'

'Ik weet niets meer zeker, maar een andere optie hebben we niet.'

Fazio haalde zijn schouders op.

'Zet vast een agent op wacht bij de villa. Ik zou niet willen dat een of andere idioot het illegale appartement binnengaat en ons hele plan in de vernieling helpt. Om vijf uur kan de agent naar huis, want dan komen wij. Leg een verlengsnoer klaar van een meter of twintig, en een drievoudige stekkerdoos. Stop er drie van die looplampen in, je weet wel met van die beschermde peertjes.'

'Ja, die ken ik, maar waar hebben we ze voor nodig?'

'We gebruiken het stopcontact naast de voordeur en leiden het snoer naar het illegale appartement, zoals ik Callara toen met die aannemer heb zien doen. We sluiten drie lampen aan, waarvan we er twee in de woonkamer hangen. Dan is er tenminste een beetje licht.'

'Zal Spitaleri al die constructies niet verdacht vinden?'

'Adriana kan altijd zeggen dat Callara haar dat heeft geadviseerd. Wie neem jij mee?'

'Galluzzo.'

Hij was nergens toe in staat, nam zelfs de telefoon niet op en zette zijn handtekening onder geen enkel stuk. Hij bleef dicht in de buurt van het ventilatortje. Af en toe schoten er beelden van de afgelopen nacht door zijn hoofd, van hem en Adriana, maar die duwde hij meteen weg. Hij probeerde zich te concentreren op wat er met Spitaleri zou kunnen gebeuren, maar het lukte hem niet. Bovendien was de zon zo heet dat die een hagedis had kunnen roosteren. Zoals bij vuurwerk tot slot de meest felgekleurde pijlen hoog aan de hemel uit elkaar spatten, zo sloot de maand augustus af met de heetste dagen. Hoeveel tijd er voorbij was gegaan wist hij niet, maar op een gegeven moment kwam Fazio vertellen dat hij de spullen had klaargelegd.

'Buiten is het niet om uit te houden, chef.'

Ze spraken af elkaar om vijf uur bij de villa te ontmoeten.

Hij had geen zin om naar buiten te gaan voor de lunch. Hij had trouwens niet eens honger.

'Catarella, ik wil geen telefoontjes ontvangen en niemand op mijn kamer zien.'

Net als de vorige keer deed hij de deur op slot, trok zijn kleren uit, richtte het ventilatortje op de leunstoel die hij naast zijn bureau had gezet en ging zitten. Even later dutte hij in.

Om vier uur werd hij wakker. Hij ging naar het toilet, kleedde zich uit, waste zich met water dat zo lauw was als pis, kleedde zich weer aan, ging naar zijn auto en vertrok naar Pizzo.

Voor de villa stonden de auto's van Adriana en Fazio. Voor hij naar beneden ging, pakte hij zijn pistool uit het dashboardkastje en stak het achter in zijn broek.

Ze waren allemaal in de woonkamer. Adriana glimlachte naar hem en gaf hem een hand, ijskoud dit keer, diepgevroren.

Ze gedroeg zich formeel. Misschien omdat Galluzzo erbij was?

'Fazio, heb je de spullen meegenomen?'

'Ja, chef.'

'Maken jullie de lichtaansluiting in orde.'

Fazio en Galluzzo gingen naar buiten. Ze waren de deur nog niet uit, of Adriana omhelsde Montalbano.

'Ik hou nog meer van je.'

En ze kuste hem. Hij duwde haar zachtjes van zich af.

'Probeer het te begrijpen, Adriana, ik moet helder blijven.'

Een beetje teleurgesteld ging het meisje op het terras zitten. Hij haastte zich naar de keuken. Gelukkig stond er nog een fles koud water in de koelkast. Om lastige situaties te voorkomen, bleef hij in de keuken. Even later riep Galluzzo hem.

'Komt u kijken, chef?'

Hij ging naar het terras.

'Kom mee,' zei hij tegen Adriana.

Fazio had één lamp vlak buiten de kleine badkamer gehangen, en de andere twee in de woonkamer. Het licht was echter maar net sterk genoeg om te zien waar ze hun voeten moesten neerzetten. Hun gezichten waren enge maskers, hun monden zwarte gaten en hun ogen losten op in het niets. De schaduwen op de muren werden reusachtig. Precies het decor van een horrorfilm. Ademhalen daar beneden ging moeilijk, ze stikten haast, als in een onderzeeër die al lang geleden gezonken was.

'Goed,' zei Montalbano. 'Laten we naar buiten gaan.'

Eenmaal buiten, zei hij: 'We moeten onmiddellijk de auto's wegzetten. Alleen die van de signorina mag blijven staan. Adriana, geef me de sleutels van je huis.'

Hij gaf ze aan Fazio. Toen haalde hij zijn autosleutels uit zijn zak en gaf die aan Galluzzo.

'Jij brengt mijn auto weg. Zet de auto's achter het huis van de signorina, zodat ze vanaf de weg niet te zien zijn. Daarna gaan jullie binnen achter twee verschillende ramen zitten om te zien wanneer Spitaleri eraan komt. Zodra hij zich laat zien, waarschuw jij, Fazio, mij met een belletje naar mijn mobiel. Duidelijk? Als Spitaleri naar beneden gaat, moeten jullie hier alweer naartoe zijn gerend en je dusdanig opstellen dat hij niet kan ontsnappen, wat er ook gebeurd. Duidelijk?'

'Glashelder,' zei Fazio.

Het volgende uur zaten ze omarmd op de bank en zeiden geen woord.

Niet omdat ze elkaar niets te zeggen hadden, maar omdat ze het gevoel hadden dat het zo beter was. Op een gegeven moment keek de commissaris op zijn horloge.

'Nog tien minuten. Misschien kunnen we beter naar beneden gaan.'

Adriana pakte haar tas met de documenten van het huis en hing die over haar schouder.

Beneden in de woonkamer probeerde Montalbano zich achter de kozijnen te verstoppen. Er was weinig ruimte, want de kozijnen stonden dicht tegen de muur aan. Zwetend en vloekend schoof hij ze een stukje op. Hij probeerde het nog een keer en nu paste hij er zonder problemen achter.

'Kun je me zien zitten?' vroeg hij aan Adriana.

Er kwam geen antwoord. Hij keek achter de kozijnen vandaan en zag haar midden in de woonkamer ijsberen. Onmiddellijk begreep hij dat Adriana op het laatste moment door paniek was bevangen. Hij holde naar haar toe en zij sloeg trillend haar armen om hem heen.

'Ik ben zo bang.'

Ze was helemaal van slag. Montalbano vond het vreselijk dom van zichzelf dat hij er niet bij had stilgestaan wat de plek met de zenuwen van het meisje zou kunnen doen.

'We laten het zitten. Kom, we gaan.'

'Nee,' zei zij. 'Wacht.'

Ze deed duidelijk moeite zich te beheersen.

'Geef me... Geef me je pistool.'

'Waarom?'

'Ik wil hem op zak hebben. Dan voel ik me veiliger. Ik stop hem in mijn tas.'

Montalbano haalde zijn pistool tevoorschijn, maar gaf hem nog niet. Hij aarzelde.

'Adriana, denk eraan dat...'

Op dat moment hoorden ze de stem van Spitaleri, heel dichtbij.

'Signorina Morreale, bent u hier?'

Hij moest al bij het badkamerraam zijn. Waarom was zijn mobiel niet gegaan? Had hij daar beneden soms geen bereik? Vlug pakte Adriana het pistool uit zijn hand, en stopte het in haar tas.

'Ik ben hier, signor Spitaleri,' zei ze met een plotseling kalme, bijna vrolijke stem.

Montalbano had nog net tijd om zich te verstoppen.

Hij hoorde Spitaleri's voetstappen de kamer binnenkomen. En weer klonk Adriana's stem, maar dit keer anders, helder als van de tiener die ze ooit was geweest: 'Kom je, Michele?'

Hoe wist ze Spitaleri's voornaam? Had ze die gelezen in de documenten die Callara haar had gegeven? En waarom tutoyeerde ze hem?

Toen was het stil. Wat gebeurde er? Ineens hoorde hij een gebroken gelach, alsof er een heleboel stukjes glas op de grond vielen. Was dat Adriana? Toen hoorde hij eindelijk de stem van Spitaleri.

'Maar jij... Jij bent niet...'

'Wil je het met mij proberen? Toe maar, Michele, wat vind je van me?'

Hij hoorde stof scheuren. Wat was Adriana in godsnaam aan het doen? Toen klonk Spitaleri's stem weer, schreeuwend: 'Ik vermoord jou ook! Slet! Je bent een nog grotere hoer dan die zus van je!'

Montalbano sprong tevoorschijn. Adriana had haar bloesje opengetrokken. Het was gescheurd, en haar borsten waren bloot. Spitaleri kwam met getrokken mes op haar af. Hij liep stroef, als een robot.

'Stop!' schreeuwde de commissaris.

Spitaleri hoorde hem niet eens, en deed nog een stap naar voren. Toen schoot Adriana hem neer. Met één enkel schot. Recht in het hart, zoals ze op de schietbaan had geoefend. Spitaleri viel achterover op de kist, en Montalbano rende naar Adriana toe om het pistool uit haar hand te grissen. Van heel dichtbij keken ze elkaar aan. En terwijl hij de grond onder zijn voeten voelde wegzakken, begreep de commissaris plotseling alles.

Fazio en Galluzzo kwamen met getrokken wapens aanhollen, maar bleven nauwelijks binnen als versteend staan.

'Hij wilde haar ook te grazen nemen,' zei Montalbano, terwijl Adriana probeerde haar borsten met het gescheurde bloesje te bedekken. 'Ik moest hem wel neerschieten. Kijk, hij heeft zijn mes nog in de hand.'

Hij smeet zijn pistool op de grond en liep de woonkamer uit. Zodra hij buiten was, begon hij te rennen alsof hij achterna werd gezeten. Met twee treden tegelijk sprong hij de trap naar het strand af en trok daar op het zand al zijn kleren uit, zich geen bal aantrekkend van een stelletje dat hem afkeurende blikken toewierp, en stortte zich in de zee.

Hij zwom en liet zijn tranen de vrije loop. Van woede, van vernedering, van schaamte, van teleurstelling en van gekwetste trots.

Hij huilde omdat hij niet had doorzien dat Adriana hem had gebruikt om haar doel te bereiken. Ze had met eigen handen de man willen vermoorden die haar zus had afgemaakt.

Met het gespeelde ik hou van je, gespeelde hartstocht en gespeelde angst had ze hem stapje voor stapje gekregen waar ze hem hebben wilde. En hij was een marionet in haar handen geweest.

Een en al toneelspel, een en al leugen.

En hij was er, als oude man, overweldigd door haar schoonheid en haar adembenemende jeugd, met al zijn vijfenvijftig jaar als een kleine jongen in getrapt.

Hij zwom en liet zijn tranen de vrije loop.

Verantwoording

Het citaat op p. 96-97 is afkomstig uit: Dante Alighieri, *De goddelijke komedie*, vertaald door Ike Cialona en Peter Verstegen. Amsterdam: Athenaeum-Polak & Van Gennep, 2000.

Het kwatrijn op p. 144 is afkomstig uit: Fernando Pessoa, *Quadras ao Gosto Popular* (1965), en is voor deze uitgave vertaald door Bart Vonck.